美丽乡村助读书系
乡村助读,让中国的乡村
从风景到精神愈加美丽。

美丽乡村助读书系

乡村助读，让中国的乡村从风景到精神愈加美丽。

牧童遥指杏花村

MUTONG YAO ZHI XINGHUACUN

高洪波 顾问　陈彦玲 主编

杜学文　著

山西出版传媒集团　山西教育出版社　·太原·

图书在版编目（CIP）数据

牧童遥指杏花村 / 杜学文著. -- 太原：山西教育
出版社, 2025. 1. -- ISBN 978-7-5703-4247-1

Ⅰ. I267

中国国家版本馆 CIP 数据核字第 2024ZS4154 号

牧童遥指杏花村
MUTONG YAO ZHI XINGHUACUN

选题策划	李梦燕
责任编辑	张荣荣
特邀编辑	贾 晖
复 审	霍 彪
终 审	康 健
装帧设计	王春声 薛 菲
印装监制	蔡 洁

出版发行	山西出版传媒集团·山西教育出版社
	（太原市水西门街馒头巷 7 号 电话：0351-4729801 邮编：030002）
印 装	山西基因包装印刷科技股份有限公司

开 本	890 mm×1240 mm 1/32
印 张	5
字 数	76 千字
版 次	2025 年 1 月第 1 版 2025 年 1 月山西第 1 次印刷
书 号	ISBN 978-7-5703-4247-1
定 价	36.00 元

如发现印装质量问题，影响阅读，请与出版社联系调换。电话：0351-4729718。

根植乡野，眺望远方（代序）

李东华

把"美丽乡村助读书系"做成精品，为新时代新乡村新少年的成长助力，这个美好心愿，把出版者、策划人、作家、编辑聚集在一起，大家郑重其事地播下种子，然后怀着庄重而又快乐的心情，等待所有努力慢慢发芽。

我曾经有幸数次参加"我的书屋我的梦"乡村少年儿童阅读实践活动征文的评审工作，印象最深的就是2019年。面对从海量征文中初选出的近千篇作品，我油然而生一种"一夜好风吹，新花一万枝"的惊艳感。按照评委会要求，终评委们需要优中选优，再从中挑出几十篇最终获奖文章，这可让我犯了选择困难症，因为每一篇都像枝头迎着东风初绽的花朵，各有各的姿态，各有各的鲜妍，共同构成了蓬勃的春天，哪一朵都可爱得叫人不忍心舍弃。

但我想，我的这种"纠结"是一种喜滋滋的纠结——让人一下子就能感觉到，无论大江南北，全国各地乡村的孩子们，并不是仅仅某一地因为水土适宜而长势良好，而是齐刷刷地在拔节成长。这算是从空间这个维度的横向比较。再沿着时间轴纵向来看，我们可以清晰地感受到这几年的征文质量一年比一年高。从这些或长或短的文章中可以看出,孩子们的阅读内容越来越丰富了,小说、童话、诗歌,科幻、军事、历史、天文、地理……不同体裁不同领域,不论古今中外,凡属人类留下的智慧结晶,都在他们尚属稚嫩却又充满好奇的目光之内,留下了他们求知和探索的小小脚印。

我想,也正是因为阅读的广博,让他们不管是生长于哪片偏僻的乡野,都能够从浩瀚的书海中汲取无穷无尽的滋养,获得世界性的视野。你能够从字里行间捕捉到一种"初生牛犊不怕虎"的淋漓元气,一种与周围世界、与他人、与自我对话时落落大方的自信表情,一种对祖国、对人类、对万事万物的真挚的爱。而这一切的呈现,又依赖于他们对于语言文字日渐流畅的、自如的运用。

俗话说"熟读唐诗三百首,不会写诗也会吟",阅读对于一个人写作能力的反哺,是这些征文给予我的第一个鲜明印象。

那些已初步呈现出汉语言之美的遣词造句,那些灵动的、智慧的表达,那些对于生活细节敏锐、精准的描摹,那些既充满孩子气又闪耀着思想光芒的惊人之语,无不让人生发"后生可畏"的赞叹。

所以说,尽管摆在眼前的是一篇篇无言的征文,却分明让人看到了征文背后所站立的那一个个活泼泼的、天真烂漫的孩子,看到了新时代乡村少年儿童因阅读的积累而敢于讲述的不一样的"中国故事"。

对于孩子和国家、民族的关系，已经有很多精辟的认识和论述。"孩子是祖国的花朵""孩子是民族的未来""少年强则中国强"。然而，如果希望孩子们能撑起国家的明天，他们首先要撑起自己的明天，而阅读则是他们撬动未来命运的支点。"忠厚传家久，诗书继世长"，这是在中国乡间最常见的对联，一代又一代的人家将它贴在大门上，可见在我们民族的潜意识中，书籍和人品是支撑一个国、一个家千秋万代延续下去的两根最坚实的立柱。将这样的对联贴在家门上，贴在最显眼的地方，就是在每时每刻提醒每一个人。我想这是一个有着五千多年璀璨文明的民族最智慧的共识。而要把这一共识真正落到实处，最需要着力的地方就是乡村了。

相比于有父母督促且阅读环境更优越的都市孩子来说，乡村孩子的阅读可能更需要政府、社会的引领，尤其是数千万的留守儿童，阅读既是他们获取知识的有效途径，更是滋养他们心灵的精神引领。

我常常想，一个人需要有自己的书柜，一个家庭需要有自己的书房，一个城市需要有自己的公共图书馆，那么一个乡村，当然更需要有自己的书屋。

阅读"'阳光麦田'美丽乡村助读书系"这套小书，对孩子们来说，能够得到的是思想和精神上潜移默化的熏陶和滋养。而持续地写作、出版一些适合乡村孩子阅读的好书，让这些书在助力乡村少年儿童阅读方面发挥作用，无疑是功在当代、利在千秋的事业——我们不妨来个小小的假设,全国有六十多万个乡村,假设每个乡村书屋中的书籍,能够像投入湖心的石子,哪怕只在十个孩子的心中荡起涟漪,那么全国就会有六百多万个乡村孩子从阅读中受益。

美丽乡村既要实现生态意义上的绿水青山,也要构建精神层面的"绿水青山"。从这个意义上讲,用优质图书和阅读协助、帮助、辅助乡村阅读,繁荣乡村文化,是建设美丽乡村的有效路径。

面对这些适合乡村少年儿童阅读的文字,我似乎可以看到,未来的他们,因今天的阅读引领而描绘出自己的梦和憧憬。

这些梦,将根植于他们生活的山乡旷野,更将呼应着远方的星辰大海。

目 录

鼓　001

在中土

——虞弘与他的世界　017

谷子好　042

牧童遥指杏花村　073

风中的线（节选）　099

吴带当风　100

凡·高站在巴黎的阳台上　126

鼓

一

少年时曾随奶奶住在山里的老家。我们那里称奶奶为"娘娘"。相对于"奶奶"来说,"娘娘"似乎更讲究。这种讲究好像不是体现在文字上的典雅,而是身份上的高贵,更是情感上的亲近。我们称故乡为"老家"。"老家"比故乡更通俗,更大众,也更多了些情感上的意味。成人之后,很多人要离开故乡,建起自己的"新家"。但无论"新家"如何,还是要有"老家"。老家是根,是源,是自己存在的确认,或者遭遇困厄时的港湾,是精神的归属。一个没有老家的人是难以理喻的,不可信的。老家,虽老,却常在。她只是在远处等着你。无论你什么时候回来,总有

阳光麦田
· 美丽乡村助读书系 ·

老家的大门为你敞开。我们同辈的兄弟都离开了老家,但还要回老家上坟。回了老家,先要到家里看看,喝水、抽烟,拿上铁锹到坟地。祭奠之后,要返回老屋与老家的长辈们拉家常,吃饭,吃老家的饭。再后来,老家只留下了三婶一个人。我劝她到县城去,方便些。她说:"唉,俺孩,我也走了,谁在家里给你们开门呀……"那时候,我们这条"街"上,十几二十户人家全都锁了大门。有的随孩子去了城里,有的搬迁到交通比较便利的地方。还有一户,成了"绝户",没有后人继承家业。只有我们的这位三婶一个人孤零零地住在老家的院子里。她嫁到这个院子里,为这院子的家人守护着最后的老家,就是为了证明,那些离开老家的人们是有"家"的。

我的老家在太行山上一个海拔不算太高的山村里。沿公路到山根,需要再走四里多路才能到村里。说是路有点勉强。走的人少了,路便成了山。只能在依稀的小径上一步一步往上爬。村子依山势而成,在两条深沟之上上下下有错落斑杂的窑洞。大部分窑洞是在黄土堆积的山体上挖出来的。我家的窑洞上面,是"场",大概三五十平方米的一块空地。下面,还是窑洞。从远处看，这些窑洞是一层一层地叠架而成的，很像抽象派的画。间或有一两颗三五颗什么树生长在这里那里。这窑洞冬暖夏凉，十分实用，甚至在夏天还能吃到冬天打回来的冰。不过还有一种比较高级的窑洞，是土坯砌碹，外面又用石块包墙的。这样的窑洞一般人住不起，是那些家境比较好的人家才有财力砌碹。但它们也是窑洞。我们那里很少有今天所说的"房子"。我们的"房子"，就是窑洞。如果还有不是窑洞的"房子"的话，那就是庙了。

二

一年四季，春夏秋冬。孩子们眼巴巴盼着的是过年。娘娘，甚时候才过年？娘娘扳着手指头默念一阵说，还有七十三天。没有日历，不知道她老人家是怎么算出来的。但这七十三天，多么遥远而漫长啊！年，怎么就来得这么慢？

突然之间，就听见村子里喧腾起来。不是人的声音，而是越来越激烈的锣鼓声。咚——锵，咚——锵，咚锵咚锵咚——锵！咚咚锵，锵咚锵，咚锵咚锵锵咚锵……这是一套锣鼓组合。大鼓，半人来高，牛皮裹面。中间粗两端细，像鼓起的肚子。红色，有些斑驳。还有一副大镲，一副小镲。当然还有一面锣，锣体是铜铸的。鼓的声音是"咚咚咚"的。有时候人们也敲鼓梆，就是鼓边，声音就发脆，是"哒哒哒"的。大镲的声音有点震耳欲聋的味道，十分高亢。那种"锵锵锵"的声音就是它发出来的。小镲的声音比较清脆，音阶似乎低了一点。但操小镲的人在节奏激昂的时候，往往会用这镲相互摩擦，发出金属的回音，穿帛裂绢的。而锣，总是在关键的节奏上发出"铛——"的一声，回声很大，很长，余音缭绕。

这里的鼓乐是什么时候出现的？不知道。知道的就是它的演奏是很讲究的，起首要一下一下有分寸地敲，往往是咚——锵，咚——锵，咚咚咚——锵锵锵……好像在完成一些礼节性的仪式。之后节奏逐渐加快，声音也不断升高，以至如电闪雷鸣、疾风暴雨，让人喘不过气来。突然，在一瞬间，所有的声音又戛然而止，世界一片宁静，好像什么也没发生过。有的时候，是会以镲打击出主旋律，鼓成为一种辅助性的存在。这时候，人们的心神更为集中，击打的姿势也愈加讲究。拿镲的人，不论大镲还是小镲，都要弓步而立,双手持镲在胸前。击鼓者也不是那种放松的样子,而是马步站桩,如松矗立。敲锣者同样弓步侧身,左手提锣,右手持槌。他们的目光都指向镲。小镲似乎成了各种节奏的中心。先是大镲"锵——"的一声,拉开了序幕,嗡嗡的金属音环绕不止。少顷,小镲"起——"地回应。虽然音色较低,却更清脆,那种带有颤抖感的余音像一条平行线,随大镲而去。几个一来一往的回合后,镲的拍击声高低上下,由缓至急。锵锵锵,起起起;锵锵锵锵锵锵锵!起起起起起起起。鼓枹的声音就会衬着镲声,击打出另一重旋律。当配合大镲时,在那些比较长的镲声的最后一节,总会听到铜锣"哐"的声响。这一声是发射出的,好像覆盖了整个空间。而配合小镲时,就会用右手飞快地捂住锣,把声音收回。这时,"哐"的声音是静止的,有点发闷的意思。有的时候,铜锣会随着镲的节奏发出"哐哐哐哐哐哐——"的声音。于是,就会形成大镲"锵锵锵锵锵锵锵——"、小镲"起起起起起起起——"、鼓枹"哒哒哒哒哒哒哒——"与铜锣"哐哐哐哐哐哐哐——"的击打四重奏。而镲要"锵锵"多少节拍,全视鼓手自己的"气"有多长。气越长,节拍就越多,节奏就越快。快到极致时，持镲者就会用镲来"摩"。镲与镲并不分离，而是似分若接。镲声也不再是一下一下，而是难以分辨，在镲与镲的摩擦中发出一阵阵旋风般的声音，成了金属的变奏，如穿云裂雾、狂风搅雪，帛飞乱舞、疾雨泼洒。鼓点在另一频道上也急切地击打，哒哒哒哒哒哒哒——一声急于一声，如雨打芭蕉，冰雹倾泻，成为整个鼓乐的主声部。这时，鼓手们目光如炬，眼神全部射向翻飞的镲；双腿如桩，似要在大地上生根。不知什么时候，这急切的鼓乐声终于完结，鼓手们会齐声呼喊：嗨——！

夜深之后，人们开始睡觉。此起彼伏的鼾声代替了鼓乐。那些铜乐器就放在鼓上，仿佛那鼓就是它们的床，可以度过一个又一个星光闪烁的夜晚，直至天亮。这时，人们又开始了击打。鼓声再一次轰响在天际。年节之时，来来往往的人很多，都是这村那村走亲戚的。但这鼓就那样被放在一个叫"五道爷庙"的地方。五道爷是谁？不知道。后来知道是主管世间生死轮回的。所以这庙就建在村口。不过，我们那时看到的五道爷庙，已经很不像庙了，只是一孔碹起来的石窑，也没有门，没有院子，谁都可以随随便便地在那里出入。也许它原来不是这样的。但现在正好成为人们存放鼓乐器的所在。那些鼓、镲、锣、槌就在那里静静地陪伴那些熟悉的或者陌生的人们来往，从来没有偷偷地离开。它们是什么时候来到这里的？是谁把它们从什么地方搬出来的？又是什么时候被搬了回去？不知道。冥冥之中，就感到它们总是在该来的时候就悄悄地来了，在该走的时候悄悄地走了。

并没有见过他们排练，也没有见谁被人指导，甚至也没有看到谁在练习。他们会击鼓完全是天生的，每个人都是杰出的鼓乐艺术家。那种随意的击打配合得天衣无缝。但这完全看人的感觉。用心有灵犀来形容很不准确。很可能在这种击打中他们演化成了同一个人——力量、神态、节奏与心志。有一种超自然的规律左右着他们。他们成了自己的神。

三

据说鼓乐最初出现的时候是用来祭神的。那时，人们对大自然规律的了解还非常不够，渴望着能够与上天沟通，以知道什么时候应该做什么，以及怎么做。于是，人们发明了"鼓"。其声喤喤，其乐隆隆，具有非凡的力量。当人们希望与上天对话以得到神示时，就要为上天表演鼓乐。鼓，是一种祈愿，一种通达，一种警示。史籍中就有"以乐通神"的事件记载。虽然这里的乐并不仅仅指鼓，但也肯定包含着鼓。

最早的鼓是什么样子？是怎样演奏的？今天我们已经很难说清楚。不过，据典籍记载，在黄帝时期甚至更早的时光里，鼓就已经出现了。比如人们认为伏羲时代已经立婚约、制礼仪。就是说，在距今七八千年的时候，伏羲改变了人类的婚姻形式，开始实行对偶婚制，并制定了相关的礼仪制度。但我们还不知道这种制度是否包含了鼓乐。从考古发现来看，甘肃天水秦安大地湾遗址出土了具有五千年以上历史的陶鼓，就是用土烧制成鼓腔，然后在两端裹上兽皮，即可击打成乐。比较典型的是青海马家窑文化半山类型的陶鼓，距今七千余年。它们一端如喇叭，一端为罐口状。在彩陶外部绘有弦形纹或折线纹。一件距今约六千四百年到七千二百年的属于赵宝沟文化的陶鼓，也是喇叭状的。但它的鼓腔上有较大的圆孔，应该是用来发散声音的。鼓沿上有小圆孔，腰部还有突出的锥状物。这应该是蒙系兽皮所用。把兽皮铺在鼓面，用绳索穿孔后系在这些锥状物上面，就可以使兽皮绷紧。

《帝王世纪》中记载着黄帝制鼓的历史，"黄帝杀夔，以其皮为鼓，声闻五百"。就是说黄帝杀"夔"，也就是古代传说中的独角怪兽，用其皮来制鼓。这鼓的声音很大，可以传到五百里之外。《吕氏春秋·古乐篇》也记载了颛顼用鳄鱼来做鼓的事。在被认为是帝尧都城的山西临汾陶寺遗址中，考古学家发现了许多礼乐器，其中就有鼓。一种就是我们说的陶鼓，也叫土鼓，与马家窑遗址中发现的土鼓一样。还有一种是鼍鼓，用鳄鱼皮蒙面，就是黄帝、颛顼制作的鼓。与它们一起被发现的还有石磬。从墓葬的陈列来看，这三种乐器每组由一对鼍鼓、一件陶鼓与一件石磬配套组成，是一种组合乐器。

研究人员对这些乐器进行了拼接复制，还原了它们的本来面目。陶鼓，就是土鼓，造型非常优美。它有一个长长的"颈"，像极了长颈鹿，差不多一米长。颈连接着下方的鼓腹，腹大底小。在颈与腹的过渡处，对应的两侧都有弧形的柄，应该是用来系背带的。颈部端首，有错落的圆钉，是蒙鼓皮用的。它的形制线条温婉含蓄，散发着典雅的生命力。而这里的鼍鼓，造型大方简洁，

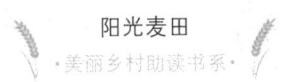

呈柱形,上细下粗。鼓面蒙鳄鱼皮。据说以鳄鱼皮做鼓,其声高亢悠远。《诗经·灵台》中就描绘说"鼍鼓逢逢,蒙瞍奏公"。这"逢逢"就是鼍鼓击打的声音。石磬是用石片打制的,是配合鼓的打击乐器。

四

史籍中记载说:"土鼓蒉桴、苇籥,伊耆氏之乐。"伊耆氏之乐是传说中的一种古乐,属于远古氏族伊耆氏的乐舞。土鼓,也就是陶鼓的出现奠定了音乐这种艺术形式的基础。可见鼓在乐舞中的地位是非常重要的。古代乐舞开始时首先要击鼓。虽然我们很难说清楚这个"鼓"是陶鼓还是鼍鼓,但鼓在乐舞表演中的引领地位是肯定的。直至今天,我们的戏曲与民乐在开场时依然如此,特别是戏曲表演中,鼓师的地位非常高。他的演奏将决定整个演出的进程、水平。鼓,是乐曲的灵魂。

《周礼》中记载,周时设有一个官职,叫"鼓人"。他们的职责是"掌教六鼓、四金之音声,以节声乐,以和军旅,以正田役"。他们掌管国家事务中六种场合使用的鼓,以及四种金属乐器。这些乐器是铜做的。古人称铜为"金",所以说是"四金"。按照《周礼》的说法,鼓人的主要职责就是按照礼制安排不同场合使用不同鼓乐,用鼓乐来协调军队的行动,指挥人们顺应时序节令来从事生产劳动。比如祭祀上天的时候,就要用"雷鼓";祭祀社稷的时候就要用"灵鼓";在敲击钟、镈这些大型的金属乐器时要配以晋鼓;等等。据说"雷鼓"是一种八面鼓,"灵鼓"是一种六面鼓。"晋鼓"又叫"建鼓",可能是一种六尺六寸长的两面鼓,其形制比较大,鼓声比较亮,这样才能与这种大型的金属乐器相配。可见它们的形制还是非常复杂的。

  不过,我们国家鼓的种类是非常多的,难以一一细数。在春秋时期,随着冶炼技术的发展,出现了很多的铜鼓。据说最早的铜鼓不仅是乐器,有击打演奏的用途,还是炊具,可以埋锅造饭。后来成为一种祭祀的用具,又逐渐演化为赏赐品或贡品,成为财富与权力的象征。在汉代的时候,大致把鼓分为三个类型。一种是"建鼓",就是晋鼓,鼓形比较大,声音洪亮,传播距离远。演奏时常常与舞蹈配合。另一种叫"鼛鼓",在鼓腔中放置一些米糠，击打时会发出沙沙的声音。演奏时常与歌咏配合。还有一种叫"鼗鼓"，简单说类似于"货郎鼓"，可以摇动来连续点击鼓面。演奏时主要用于烘托氛围。至唐代，又吸收了很多地区的鼓乐，形式更加丰富。

一个春天，在广西民族博物馆见到了很多的铜鼓。据说广西地区至今发现的从春秋战国到清代末各个历史时期的铜鼓，竟然有两千多面。最有代表性的是北流云雷纹大铜鼓。这是世界上迄今为止发现的最大的古代铜鼓。光绪年间的《北流县志》记载说，这个铜鼓"围二丈许，高二尺"，被誉为"铜鼓之王"。它的鼓面上有八道光芒四射的太阳纹。在这些太阳纹之外，还有五道晕圈。晕圈内部是单线旋出来的云纹、菱形套叠的雷纹。鼓的两侧还有蚕丝纹状的环耳可以悬挂。整个铜鼓博大、厚重，制作精美，表现出了我们先民的自然观、世界观与人生观。唐代著名诗人温庭筠曾写过一首词，叫《河渎神》。其中写道："铜鼓赛神来，满庭幡盖徘徊。水村江浦过风雷，楚山如画烟开。"这里的铜鼓就是用来参加赛神这种民俗活动的。

五

读中学的时候,学校组建了军乐队。这是我们县里最大的军乐队。不是其他单位买不起这么多的鼓乐器,而是没有这么多的人。军乐队最显赫的是指挥,由一个年龄比较大、胆子也比较大的男生担任。他要走在最前面,而且是自己一个人。还要用手中的指挥杆指挥整个军乐队的表演。如果没有点见识胆量是不行的。这真是一个万人瞩目的指挥,也是一个让我们小伙伴羡慕不已的指挥。在指挥的后面是三十六面大鼓。每排六面鼓,共六排,都由男生担任鼓手。大鼓的后面是三十六面小鼓,也是每排六面,共六排,一般由女生担任鼓手。小鼓后面是大镲,还是三十六副,大镲后面是小镲,也是三十六副,都是男生演奏。镲的后面是军号,还是三十六把,也是男生吹奏。这些军乐之后是一个旗队,共有一百面红旗,主要由女生当旗手。前前后后加上工作人员、替补人员,大概有近三百人。

但问题的关键是还要进行训练。那些大厂里也许有人,却没有时间进行这么大规模的训练。只有我们的学校可以。早晨,别的同学晨跑,军乐队的同学就要集中起来练队形,练表演。下午放学后,军乐队的人也不能回家,要训练。大鼓绑在双肩上,腰必须挺直,不能驼背弯腰,无精打采。小鼓斜挎在左肩上,不能左高右低,挺肚撅臀。操镲的同学,双臂的挥舞要一致,不能你高他低、参差不一,节奏必须整齐。打大镲,要锻炼臂力,打小镲要掌握快慢。旗手,双臂要直,腰身要直,旗要直,不能有丝毫的含糊。军号手,老师告诉大家,要想会吹,先把嘴唇吹破,嘴唇结痂后不能中断训练,要练到血痂掉了以后才能开始学谱子。果然,嘴吹不破就吹不响号。每天早晨,号手们带着号爬上城墙开始吹。系在军号上的红绸飘带迎风而舞,很像八路军的小号兵。胸膛不由得就挺了起来,骄傲得很。似乎没有人没有吹破嘴。

正月十五就要到了。县里开始组织巡游,我们叫"闹红火"。各单位、各厂矿与学校,还有各公社都要派人参加。人们渐渐兴奋起来。经常看到拿着锣鼓、穿着彩装的人脚步腾腾腾地进进出出。街上插上了红旗,增添了不少的喜气。商店的门前垒起了旺火。有用砖垒的,有用土坯垒的,还有的干脆用炭块垒。旺火点着后不能灭。天黑下来的时候,要加柴填炭,火焰四窜,火花飞溅。好多人便围过来烤火,把旱烟袋对着火苗点着。各家各户都住进了乡下来的亲戚。谁家县里还没有个亲戚呢?堂姐表妹,姑姑舅舅,都来走亲戚,顺便看"热闹"。参加游行的队伍被集中在县里的体育场,新建的。有人在大喇叭里呼喊,赶快集合,赶快集合!不知为什么,这声音整个县城都能听到。各公社的队伍也不知什么时候就来到了城里。游行的队伍按事先排定的次序分出个一二三。县城的街虽然不长,但从体育场到汽车站,也要走一个多小时。

　　打头的就是我们的军乐队。这使我们很自豪。一听到喇叭里喊"游行开始",军乐队就马上演奏。军鼓,军号,镲,一阵阵震耳欲聋的铿锵声,整齐,雄壮,威武,激越。远远地听到鼓声,人们就静了下来。来了,来了!但是没有来。人群又散乱开,上上下下地来往。忽然就有警察过来了,从街道的中间往两边赶人。退后,退后,退后!人们纷纷挤到门市前面的台阶上。小孩子们看见人缝就往前钻,他们要到最前面才能看到游行的队伍。然后就是我们的训练老师。他走在队伍旁,口含铜哨,一二一二地吹着。指挥的同学腰板笔直,昂头挺胸,一上一下地挥动缠绕着红旗的指挥杆,一脸的不同寻常——他是整个巡游队伍中过来的第一个人。只听得老师一声响哨,指挥杆就直直地立了起来,一动不动,高过了所有人的头。"嗵"的一声,大鼓与大镲就开始了,之后是小鼓与小镲的"嚓嚓"声。立刻,整个街道就被鼓声充满了。

"嗵——嚓嚓嚓嚓,嗵——嚓嚓嚓嚓,嗵嗵——嚓嚓嚓——嗵!嚓嚓——嗵嗵——嚓嚓——嗵嗵——嚓嚓——嗵嗵嗵!"最后一声"嗵"还没有落下,又一声响哨吹起,指挥立刻把指挥杆举起向右倾斜。在"嗵嗵"的鼓声中,军号手们一起把号举起,放在破了又长好的嘴唇上,"嗒嗒嘀——,嗒嗒嘀——,嗒嘀嗒……"号声悠扬地响了起来,覆盖了世间的一切喧哗。看热闹的人们突然就把脸扭过来,目光飞快地扫过了不知多少人的头,看到了那些仰头直脖、腮帮子鼓得圆圆的军号手。系在军号上的红绸子随风飘舞,飞翻缠卷。激昂的鼓声、号声、镲声以及嗒嗒的脚步声从春节的街道中向天空飞扬。旺火的火星也噼啪四溅。星星们静了下来,欣赏着人世间的繁华。

2023年3月23日19:49 于晋阳

2023年3月23日0:36 改于并

牧童遥指杏花村·杜学文

在中土
——虞弘与他的世界

题记

虞弘墓的发掘对我们研究和了解公元元年以来中亚与世界其他地区的联系具有极为重要的意义。此前已有许多相关的墓葬被发现，但虞弘墓是目前为止少有的经过科学发掘、有确切纪年、保留完整、能够为时代不明的相关遗存提供断代标准的考古实证，其历史文化意义非同凡响，引起国际学术界的高度重视。通过对虞弘墓葬的研究，我们可以更准确、具体地了解中亚连通中原的历史文化风貌及其交流活动情况，特别是粟特人在丝绸之路及其沿线的活动、影响，他

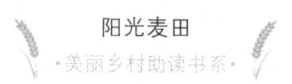

阳光麦田
·美丽乡村助读书系·

们也是汉唐之际丝绸之路上极为活跃、重要的存在。

虞弘没有想到,在一千四百多年后自己成了名人。虞弘一生奔波四方,终于定居中土,身后葬在黄土高原上的大平原,默默无闻。几乎一夜之间,虞弘就成为国际性话题——事实上,虞弘本身就具有"国际性"。这连他自己也没意识到。

一、如此默默地在地下存在

七月,正是灌浆的季节,一场大雨顺时而至。听着沙沙的雨声,王秋生禁不住连说好雨!又要有个好收成了。到了秋天,又要忙了。忙比愁好。雨水稀少的黄土地带,下雨真是高兴的事。王郭村——位于黄土高原上被称为太原的城市西南处,晋源区的一个村庄,住着五千多口人。不远处就是早已湮毁的晋阳古城。村北有著名的晋祠,里面有鱼沼飞梁、圣母殿,有周柏唐槐。王秋生就是这王郭村的人。他在这里娶妻生子,养儿育女,常常指着不远处晋祠里冒出围墙的古树说,看那树!

牧童遥指杏花村·杜学文

　　雨越下越大。王秋生拿起铁锹,来到门外正在修的路的南面。他想挖一条水渠,把院子里的水引走,以免泡坏了自家的院墙。路南是平展展的玉米地。一锹下去,湿透了的土比平时沉了许多。真是好雨!他顾不上雨,接着挖。可地底仿佛板结了,硬得很。因为用力过猛,王秋生打了个趔趄,差点倒在泥水里。他往手心唾了口唾沫,换个地方挖,还是挖不动。铲去上面的泥土,露出一段白色的石头。不仅白,好像还很有讲究。王秋生还不知道自己正挖在一处稀世珍宝上。他大声呼叫,村民们闻声而至,七手八脚地把地表层上的泥土铲开,立刻惊呆了——一座汉白玉石屋的歇山檐顶,在雨水的浇灌中,那么安宁,那么肃穆,那么不动声色。

　　实际上,村民们对这样的发现有点见怪不怪。王郭村人在平田整地、修房盖屋时发现了很多古墓。这是一片埋藏了太多历史记忆的土地。1999年7月,那段王秋生难以忘记的日子,文物相关部门对他发现的这座古墓开始了发掘。夏雨连绵,不时又骄阳似火。王秋生的心,一会儿湿漉漉的,一会儿又热腾腾的。随着发掘的推进,人们终于发现了一座砖砌单室墓。里面安放的汉白玉

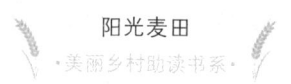

石堂十分完整，几乎没有什么损坏。这石堂，外观呈三开间，歇山顶殿堂形制，正面、侧壁、内侧正壁及底座四周均有浮雕彩绘。此外还有汉白玉人物俑、砂石人物俑、汉白玉石柱与汉白玉莲花座等。那些浮雕彩绘人物图像，局部竟然是描金的。他们不仅骑马、骑骆驼，还骑着大象；他们不仅狩猎、出行，还宴饮、舞蹈；他们深目高鼻，服装奇异，还围火而祭。他们色彩缤纷，情态非凡，与我们熟悉的一切完全不同。而在这墓葬中，还有一男一女两具人骨，为夫妻合葬。这是谁？竟如此俭朴，又如此辉煌；如此低调，又如此张扬；如此默默地在地底长存，又将谔谔地在人间争辉……

专家对墓葬中的人骨进行了检测，发现他们与蒙古人种不同。又对雕绘中的人像进行了研究，发现他们与生活在伊朗高原、阿拉伯半岛等地的人种接近。随着发掘的推进，人们终于发现了墓志——能够说明墓主人身份、经历的文字证明。其墓志盖上清晰地刻有：大隋故仪同虞公墓志。这位在地底沉默了千余年的墓主人姓虞，名弘，字莫潘，为鱼国尉纥驎城人。虞弘，这位神秘的鱼国人士，在隋开皇十二年，也就是公元592年五十九岁的时候逝于并州的家中,葬在"唐叔虞坟之东三里"的地方,正是王秋生所在的王郭村。

虞弘,鱼国人。鱼国在哪里?虞弘是什么人?他为什么来到中土?

二、东方向这里汇聚,西方从这里展开

鱼国,中国的史籍中没有记载。对我们来说,这是一个陌生的存在。学者们在浩瀚的历史印记中寻找蛛丝马迹,希望能够揭开其真实的面目。可以肯定的是,虞弘是中亚一带的人。他的文化背景不是中原,而是掺杂了波斯、印度以及中亚一带的多元共同体。其石堂雕绘有着浓郁的祆教因素,如祭火坛等。而胡腾舞、有翼神兽等均有明显的粟特文化特点。更重要的是,墓志中叙虞弘一脉"弈叶繁昌,派枝西域",说明这是一个由西域地区迁徙进入中土的家族。虞弘的祖父曾任领民酋长,父亲曾任茹茹国之莫贺去汾。祖、父两代人均服务于不同的族群政权。这与粟特人的行踪非常一致。而虞弘,不仅穿梭于安息、月氏,亦任职北齐、

北周与隋。特别是在北周曾任"检校萨保府",与粟特的关系极为密切。种种迹象表明,虞弘应该是粟特人。

但鱼国在哪里?更多的人认为应该在中亚阿姆河、锡尔河流域被称为"河中"的某个地方。余太山对此进行了谨慎的"臆想"。他指出,希罗多德在其《历史》中提到了一个被称为"Massagetae"的族群,曾居住在锡尔河北岸,后迁至锡尔河以南。这些人"不播种任何种子,而以家畜与鱼类为活"。还有人认为,"Massagetae"就是"鱼"的意思,是一个被称为"鱼"的族群,他们以"鱼"为生。这应该就是虞弘的鱼国了。如果是这样的话,鱼国就是锡尔河边粟特人所建的一个城邦国家。只不过由于太小,人们很少关注。而虞弘,让自己的鱼国重新回归了世界。粟特,一个神奇的族群。这到底是怎么回事,还有许多谜没有揭开。可以肯定的是,他们是隋唐及其之前丝绸之路上极为活跃、重要的贸易人群。在中国史书中,粟特被称为"昭武九姓"。据说他们曾经定居在"昭武"——今天甘肃的武威、张掖一带。后迁徙至中亚河中地区,也就是人们所说的索格底亚那,是一个善于经商的民族。粟特人没有统一的政权,但有若干个相互独立却又相互联系的城邦国家。所谓"昭武",谓其不忘故地,以故地为姓;所谓"九姓",是史书上曾记录了九个粟特国家。尽管不同的史书所记有异,但大体一致。这些城邦国家,各以其地为姓。诸如康国,在撒马尔罕;米国,在片治肯特;此外如史国、何国、安国、石国、曹国、火寻国、戊地国等,各居所处,各有其城。实际上,"九"并不是一个确数,而应该是"多"的意思。除了以上所记之外,人们还逐渐发现了诸如毕国、穆国、拔汗国、那色波国、乌那曷国等,均为粟特国家。而"曹"还分有西、东、中三国。那么,一个未见于中国史籍的粟特"鱼国"出现在我们面前,也是可能的。虞弘是鱼国之粟特人。其国应在锡尔河之南。这也许就是我们得到的真相。

但粟特最具影响的是康国,以古老的撒马尔罕城为中心。这是一个神奇的城市,充满了浪漫的情调与无穷的想象力。它地处阿姆河与锡尔河之间的中亚"两河流域",遥接中原,路达欧洲和非洲,是连通东方与西方的枢纽。多少年来,这里车来人往,物品繁盛。蚕桑之艺、阡陌呼应,机杼之声、户牖相闻,珠玉绫罗、巧匠云集。东方向这里汇聚,西方从这里展开。中原、草原、天竺、安息,地中海、拜占庭,向东、向西、向南、向北。成吨的铜钱在这里铸造,形形色色的人们向这里汇集,丝绸珠宝等货物在这里进进出出。这里商贾如流,车马喧嚣;这里众声喧哗,万物生辉。

至少在公元前700年左右,撒马尔罕已经出现。踌躇满志的亚历山大大帝曾站在它的城墙外大发感慨:我所听到的一切都是真实的。只是玛拉干达比我想象中更为壮观!这个"玛拉干达",就是撒马尔罕。热爱东方文化的亚历山大不仅征服了撒马尔罕,还在这里娶粟特公主罗克珊娜为妻。考古学家们在撒马尔罕的废墟中发现了亚历山大军队的谷仓——已被大火烧毁,里面还保存着一袋袋粟米。他们认为,这正是亚历山大所向披靡,在短短几年内就从地中海打到中亚的秘密——坚实而又富有营养,存放十年以上不坏的小米是他们的给养。著名的法国考古学家葛乐耐特别用《诗经》中的描写来证明,指出"最早的黄河文明就是在粟米文化上发展起来的"。这小米,从东方遥远的太行山脉辗转来到了诗意盎然的河中地带。我们知道,葛乐耐的判断是正确的。

中国是粟作植物的原生地。粟米首先在太行山区生长,并传入中亚。虽然我们很难准确地说明这种催生多种文明的植物是在什么时候传入中亚河中地区的,但考古发现可以证明,河中地区盛产小米。在距撒马尔罕六十多公里的片治肯特——粟特人的另一处重要都市的废墟中,也发现了谷仓——一个宫殿遗址的一层、二层,均有三个穹顶的谷仓,以及有四个穹顶的可以堆放谷物的储存室。这些穹顶谷仓每间约七十平方米,可存放六十吨左右的谷物。而这还仅仅是片治肯特的一处。是不是其他未发现的谷仓还有很多呢?法籍伊朗学者阿里·玛扎海里认为,粟作植物首先传至大夏,也就是粟特人定居的索格底亚那一带,然后才传入欧洲。无论是撒马尔罕还是片治肯特,这些河中地区的土地肥沃,多产,水草丰茂。这是大自然的恩赐。用葛乐耐的话来说,撒马尔罕古城亚历山大宫殿的土,干、红、细、密,跟秦始皇兵马俑的粉状黄土如此相似。而生长在这些土地上的谷子,也就是中原黄土地上的谷子,它们在不同的土地上养育着千千万万的子民。

撒马尔罕,因其独特的地理位置而连接东西。这里的人们对东方世界充满了难以言说的情感。据说,当玄奘长途跋涉来到飒秣建国——撒马尔罕的时候,竟然发现其内城的东门叫"中国门"。事实上,并不是那一时期的撒马尔罕城有中国门。在13世纪初花剌子模摩诃末时期,撒马尔罕城的东北门也叫"中国门"。尽管我们没有详尽的资料来说明,究竟有多少时代出现了多少被称为"中国门"的撒马尔罕,但我们还是可以从古籍与考古发现中找到这种特别的表达。《新唐书·西域传》中就记载了粟特何国皇家亭子中四面墙壁上的画像。其中的北墙就画着大唐皇帝。考古发现的撒马尔罕"大使厅"壁画,绘有端午节武则天乘着龙舟泛舟投粽,唐高宗带着随从在上林苑驰马狩猎的情景。用那位洋溢着诗人气质的意大利考古学家康马泰的话来说,"对于伟大的'天可汗'——丝绸之路上粟特商队最有力的保护人与盟友,粟特人心怀感恩,在'大使厅'壁画上歌颂一番也是合情合理的"。而中原、中土,不论是汉或者唐,或者其他什么朝代,一直都是粟特人的目的地。至少从公元1世纪以来,粟特人就开始了他们在丝绸之路上的行走,出现在中国的东汉、帕提亚和欧洲的罗马。他们是这条伟大路线上最活跃的人群,为这条充满艰险、曲折难测的道路注入了生命的活力。他们成群结队,他们一年四季,他们爬山穿沙,他们从撒马尔罕出发,向东,向东,再向东。

而虞弘，与很多粟特人不同。他已在祖辈父辈的努力中成为生活在中土的成功人士。

三、他们并不知道自己

尽管我们还不清楚鱼国的准确位置，但通过墓志对虞弘有了许多了解。作为领民酋长，他的祖父是不是曾在中原地区活动，已经找不到确切的证据。我们不能简单地肯定或者否定。因为柔然也曾在山西一带来来往往。在那样的情况下，他也有很大的可能往来于中原。但虞弘的父亲曾在茹茹国任职，后任北魏朔州刺史确是其墓志中特别说明的。而朔州，已经走出了草原，是中原的门户。可以肯定，至少在其父亲的时代，虞弘一家已经完成了从粟特地区往中原的迁徙。不过，这并不是一次完成的，而是数代人接力的结果。虞弘在十三岁的时候就担任了莫贺弗，代表茹茹国出使波斯、吐谷浑，但他并没有机会从河中经丝绸之路一直走到中原。当他出现在我们面前时，已经是一位少年老成的茹茹国外交官。但是，更多的粟特商人，总是从撒马尔罕，或者粟特的其他地方出发，一步一步，走向中土。

英国知名的敦煌学家魏泓有一部非常奇特的书——《丝绸之路：十二种唐朝人生》。这部充满想象力的史学著作为我们描绘了公元10世纪前后，主要是唐朝十二位不同身份的人物的丝路人生。力图从具体细微的层面为我们展示丝绸之路的某些细节与活力。故事的主人公的名字都出自历史文献。也就是说，他们是真实存在过的。书中描述了一位撒马尔罕商人——诺槃陀的丝路之旅，使我们能够比较具体地感受到这些粟特商人的贸易状况与精神世界。像大部分粟特孩子一样，诺槃陀在幼年时就开始学习经商，还要学习经商所需要的各种语言——阿拉伯语、突厥语，以及汉语。稍长后便跟随他的叔叔前往长安——用粟特语来说，叫胡姆丹。从撒马尔罕到长安——粟特人的胡姆丹，有四千多公里的路程，要走差不多一年之久。

诺槃陀与他的叔叔在初春时节出发。他们经过了东曹国、石国，从怛罗斯河谷地进入碎叶，来到著名的伊塞克湖。从伊塞克湖继续向东，至长安有多条路线。他们选择了似乎更顺畅的一条——沿着塔里木西北段翻越天山。之后，他们进入沙漠地带。

牧童遥指杏花村·杜学文

只有到了那些熟悉的绿洲才能休息。一路上,诺槃陀难忘的是那些高山、沙漠、戈壁,还有沼泽。但是,无论这条路多么艰险,从来阻挡不了人类对远方、对未来的向往。诺槃陀与他的叔父们,就这样一代一代地在这被后人称为"丝绸之路"的长途中行走。他们并不知道自己开创了人类交流融合的伟大时代,也不知道自己正在从事着被后人景仰的事业。他们面对寒风,头顶烈日,身背鼓鼓囊囊的钱袋,在骆驼的双峰上驮运着自己的物品,还有皮囊中的水。他们一步一步,行走。当终于看到了中原城市高大威武傲然耸立的城墙时,立即如释重负,一股长气从丹田缓缓呼出。他们看到了繁华的城市,以及来来往往的行人;看到了乡间的田野里正在生长的庄稼——熟悉的谷子,以及豆类、蔬菜。随着道路向东延伸,绿色越来越张扬,越来越显出生命的活力。这绿也滋润了诺槃陀与他的叔父们的心。他不自觉地弯下腰,抓起一把黄土揉碎。的确,这土很细腻,绵绵的,像婴儿的皮肤,还有一点湿润。他似乎嗅到了撒马尔罕的气息——土地、河流、村庄、城市与人。再有两个月,就可以到达此行的目的地——长安。啊,胡姆丹!一想到长安,诺槃陀立刻有一种到家的感觉,不禁泪流

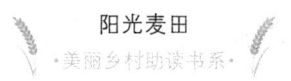

双颊。

　　二十多年来，诺槃陀一直在丝绸之路上行走。他代表了丝绸之路上最普遍的粟特商人，以及他们的经历。不过，这些粟特商人并不是仅仅让自己的脚步停留在长安。长安只是其中最重要的一个驿站。他们从来没有放弃任何一个可以获利的机会与地域。他们不仅从撒马尔罕等粟特城市往东，也同样往西，往南，往北——尼罗河、恒河、环地中海……凡是需要到达的土地，都有他们的身影。他们也不仅仅满足于长安，而是不停地向中原更遥远更辽阔的地域行走。利之所在，无远不至。哪里有获利的可能，哪里就留下了粟特商人的身影。在北方，从今天的新疆，到今天的东北，到处都有粟特人的存在。而最重要的城市有长安、晋阳、洛阳。事实上，粟特人并不仅仅活跃于北方。他们还渡过黄河，跨过长江，行走在江南，不断地寻找商业繁盛、市场发达的城市。从粟特与中土的关系来看，他们可能数代人都在从事这样的贸易活动，甚或数代人留居于中土之南北。

　　而我们的虞弘，就是其中之一。

四、生命诗意的放飞

从墓志来看，虞弘并没有在粟特地区，特别是鱼国活动过。他的祖、父应该在不同的时期活动于中原。而虞弘，似乎有更为复杂的经历，所任职务亦多有变。也许，他是粟特入华人士的混合体，体现出他们生活的诸多方面。

粟特人最擅长的是商业贸易。其中相当一部分人像诺槃陀一样，从事长途贩运。还有更多的入华粟特人在自己定居的城市经商。这在文学作品中有极为充分的表现。刘禹锡在其《葡萄歌》中写道："有客汾阴至，临堂瞪双目。自言我晋人，种此如种玉。酿之成美酒，令人饮不足。为君持一斗，往取凉州牧。"山西中部、太原一带是最早种植从西域传入的葡萄的地区，生产的葡萄酒尤为著名。刘禹锡的诗不仅表现出这种葡萄及其酒的珍贵，也反映了当时的好酒之风。白居易也写有"羌管吹杨柳，燕姬酌葡萄"的诗句。李白曾写长安酒肆中的西域女子："胡姬貌如花，当垆笑春风。笑春风，舞罗衣，君今不醉将安归。"在《少年行》中，他描写那些贵族子弟"落花踏尽游何处，笑入胡姬酒肆中"。

这些诗作生动地表现了在中原地带经营酒肆的胡人形象。他们应该是留居下来的坐贾胡人。

活跃在丝绸之路上的粟特人拥有多少财富？这是一个无法回答的问题。我们没有这样的统计资料。但一些史籍中透露出的信息可以让我们领略一二。《旧唐史》曾记载了一个撒马尔罕商人，名为康谦。这位康国粟特商人非常善于经营，在天宝年间的资产以亿万计。我们不知道这"亿万"的单位是计算钱币的"两"，还是计算丝帛的"匹"，但无论如何，其数额是非常大的。而康谦，也不仅仅是一个商人。他曾先后担任过度支员外郎、安南都护，以及鸿胪卿等重要职务。粟特人并不仅仅生活在中土社会的边缘地带。他们中的很多人凭借自己的才华、努力，进入了决定社会运转的权力体系之中，成了不同时期的政府官员。

在考古发现的墓志中，相关的记载难以尽数。《安师墓志》中记其曾祖曾任北齐武贲郎将，《康元敬墓志》记其父亲曾授龙骧将军，《康达墓志》言其祖父在北齐时任雁门郡上仪同。迁居襄阳岘南的康氏康绚一族，可谓世代为官。其曾祖父康因为前秦苻坚太子詹事，祖父康穆为秦、梁二州刺史，伯父康元隆与父亲康元抚相继为华山太守，等等。尽管华山太守等官职是名誉性质的，但仍然是朝廷任命的。虞弘就担任过很多官职。不仅有茹茹国的职务——莫贺弗，也有北齐轻车将军、北周仪同大将军、左丞相府、隋之仪同三司等。他还担任过专门负责外籍事务的职务——"迁领并、代、介三州乡团，检校萨保府"。萨保府是北魏以来中原政府在以粟特人为主的西域人士聚集之地设立的行政机构，负责管理外籍事务。乡团则是政府对粟特人聚落形成的武装力量的管理组织。由此来看，虞弘确实非同一般。他出身世家，颇具才干，受到不同时期当政者的重用。中土，为他的人生提供了至为广阔的舞台。

粟特人行走在以河中为枢纽的各地，往来于不同的族群与政权之间。他们善于回旋，长于沟通，因势利导，能够熟练地使用不同的语言。他们的男孩子从五岁开始要学习经商，稍长要学习语言——不是一般意义上的语言，而是经商需要的各种各样的语言。虞弘的父亲就是一位从事"外交"事务的官员。他为柔然出使北魏，具有突出的语言能力与外交才华，后被北魏留用。而虞弘，亦是一位少年外交精英，曾出使波斯、吐谷浑等，与安息、月氏都有交往,所谓"翱翔数国",其语言才华与外交能力自然非同一般。

"胡儿十岁能骑马。"长于骑马游牧的粟特人,非常适应以骑兵为胜的征战要求。他们中的很多人参加了军队,并出任武官。虞弘就迁领乡团——一种具有军事意义的官职。他还担任过使持节、仪同大将军,敕领左帐内,镇押并部。人们熟知的安禄山、史思明均为粟特人,都担任过非常重要的军职。安禄山一度曾一身兼任平卢、范阳、河东三镇的节度使,还担任过闲厩使、陇右群牧使等管理牧马的重要职务。汉唐时期的军马是非常重要的战略资源,相当于今天火箭军中最先进的洲际弹道导弹。唐王室也曾招募许多粟特人进入军队,有很多人出任皇宫禁卫。直至唐末五代,仍然有很多粟特人担任军职。在山西发现的《大晋何公墓志》就记载说,墓主何君政的五个儿子分别任北京押衙充火山军使、随驾兵马使充左突骑十将与副将、随驾右备征军指挥使、随驾左护圣第一军副兵马使等。何氏一家不仅出任军职,且多"随驾",在皇帝身边担任禁卫。可见其重要。最典型的是唐朝将领安元寿,因作战勇猛,战功显赫,成为唐高宗的亲信,先后加授忠武将军、右威卫将军等职,死后陪葬昭陵。

入华粟特人各有擅长,各具所用,活跃在中土社会的不同领域。他们不远万里,长途跋涉,进入中土。他们留恋中土,定居于中土。许多人生于斯,长于斯,终老于斯,葬于斯。中土,是他们实现价值的理想之地,是他们生命诗意的放飞之地,是他们生命的终结与延续之地。无论如何,进入中土之后,粟特人成为东方社会的重要组成部分,并逐渐华化。尽管我们还不能说虞弘是一位被完全华化的粟特人,但在他的墓志,以及石堂雕绘中已经非常浓郁地显现出这种迹象。这些艺术雕绘,为我们呈现了另一个神采飞扬、姿态万千的世界。

五、统一的,然而又是五彩斑斓的世界

虽然虞弘不是艺术家,我们还难以说清虞弘墓石堂的雕绘是什么人创作的,但我们可以大致分析出应该是熟悉粟特文化的艺术家,或者干脆就是粟特艺术家的手笔。事实上,虞弘墓石堂本身就是一组令人叹为观止的艺术精品,其艺术呈现与想象力非同

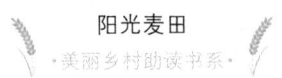

凡俗，异象迭出。其中的雕像均有彩绘，还有许多无雕像的彩绘与线描。除了雕刻之精致细腻、刀工之强劲夸张外，整体图像的设计往往超越现实，充分地诗化。这些雕像打破了具体时空的限制，又显现出统一协调的布局；注重突出主要部位，又非常着意细节的渲染刻画；既刻意于某一画幅的完整和谐，又注重整体的衔接有序，相互映衬。除了粟特文化的呈现外，也表现出波斯文化的元素，更掺杂了突厥、埃及、中原文化的因子。头戴王冠，佩有弯月与太阳饰物的贵族正骑马出行；腰系联珠纹带，手捧多曲碗的男主人正与妻子对饮；身骑骆驼的突厥武士手持长弓，正将长箭射向偷袭的雄狮；手持葡萄枝，挽臂舞蹈的人们正在踩踏葡萄酿制葡萄酒；人首鹰身的祭司正面对圣火祭坛祭祀，而圣火在他们中间熊熊燃烧，烟气升腾……这些雕绘极为生动地展现了以墓主人虞弘为中心的中亚生活——出行、狩猎、宴饮、劳作、乐舞。现实与神话、劳动与祭祀、日常与理想，人与神、人与自然，动与静……它们在艺术的创造中融为一体，构成了统一的然而又是五彩斑斓的世界。

虞弘墓石堂雕绘也非常生动地表现了粟特人生活中的艺术。

其中有许多表现乐舞的内容：或吹奏长笛，或演奏箜篌、四弦琵琶、直颈尖头五弦，或击鼓，以及粟特男子在小圆毡上跳胡腾舞的场景。事实上，粟特人十分热爱艺术，艺术是他们非常重要的生活方式。这种特点在进入中原后不仅没有消减，反而产生了重要影响。元稹在诗中写道："自从胡骑起烟尘，毛毳腥膻满咸洛。女为胡妇学胡妆，伎进胡音务胡乐。"胡风胡韵成为当时之风尚。

也许在众多的入华艺术家中，曹仲达最为著名。他是粟特曹国人，什么时候来到中原我们并不清楚。但张彦远在《历代名画记》中说他"北齐最称工，能画梵像"。就是说，曹仲达在北齐时已产生了重要影响，其艺已经达到了"最称工"的境界。郭若虚在《图画见闻志》中则把曹仲达与吴道子并论，认为"其体稠叠而衣服紧窄"。曹仲达的绘画风格表现在对人物衣饰的描绘浓墨重彩，能展现出层叠纹路，且讲究贴身，突出了人物体态的弯曲弧度，似人着衣装刚刚从水中出来。所以后人有"吴带当风，曹衣出水"之誉，被称为"曹家样"。"曹家样"，显然是自成一体的艺术样式。论者认为，这种画风是承接了中亚绘画艺术中窄袖贴身、细均平行的流线型技法，以及希腊雕塑艺术中薄透贴身的风格。

037

而曹仲达的绘画技法对内地的影响极为重大。

由粟特地区传入中原的艺术中，胡腾舞是最具代表性的舞蹈之一。尽管今天我们已经难以说清它的具体形态，但仍可从各种史料中略知一二。曾经负责发掘虞弘墓的张庆捷根据其石堂图像与各种文献，大致勾勒出了胡腾舞的样式。这种舞蹈大约在北魏时期由粟特地区传入中原，而以石国人最为擅长。舞者在一种小圆毡上腾挪跳跃，节奏极快，往往做出醉酒的姿态。所谓"扬眉动目踏花毡，红汗交流珠帽偏。醉却东倾又西倒，双靴柔弱满灯前。环行急蹴皆应节，反手叉腰如却月。丝桐忽奏一曲终，呜呜画角城头发"。唐人李端的这首《胡腾儿》描写得十分生动传神。与胡腾舞齐名的胡旋舞同样由粟特地区传入，主要由女子表演。这种舞蹈适应女性身体柔软轻灵的特点，以快速旋转为主要特征，所谓"回裾转袖若飞雪，左铤右铤生旋风"。据说唐玄宗非常喜欢胡旋舞，而杨贵妃就是一位出色的胡旋舞艺术家。除此之外，从西域地区传入中原的舞蹈还有很多，如《柘枝》《剑器》《凉州》《团圆旋》《甘州》等。这些舞蹈，飞旋腾挪，姿态斑斓，在中原大地上流播绽放。

六、徙赤县于蒲阪,派枝西域

墓志并没有说虞弘去世的原因是什么。无论如何,虞弘,这位今天看来极为重要的鱼国人士走完了他的人生,为我们留下了宝贵的遗产。由于虞弘墓葬有确切纪年,且经过科学发掘,其考古意义上的价值极为突出,对今天研究中亚历史有着弥足珍贵的意义,引起了世界范围的关注。现在,我们还不知道,虞弘在生命的最后时刻做了些什么,又说了些什么。我们知道的只是,他的墓志中写到虞弘一族是高阳颛顼帝的后裔,所谓"高阳驭运"。他的远祖"徙赤县于蒲阪。奕叶繁昌,派枝西域"。他以"蒲阪",也就是舜帝之都、今山西永济为自己的故乡。后来族人茂盛,有一支迁到了西域,就是虞弘一族。尽管是"粟特"人,但墓志强调自己是黄帝之后,近祖是舜帝。只是在某个不为人知的时期迁往他乡。若干代后,至虞弘才返回自己的宗祖之地。这种表述虽然并不一定确有其事,但至少可以看出,虞弘是希望人们认可他是炎黄之后的。他认为自己承续了炎黄血脉。事实上,在中原的西域人士有虞弘这种情结的并非少数，而是非常普遍。如来自粟特康国的康智，其墓志称"本炎帝之苗裔"。这就是说他是炎帝的后人。来自粟特米国的米文辩，其墓志言"米氏源流，裔分三水。因官食菜，胤起河东"，追其宗祖地为"河东"——今山西晋南地区，也就是尧舜之地。而那些并不是粟特族的西域人士也多有这样的表述。在太原发现的应该是焉耆人的龙润，其墓志就记载其先祖"凿空鼻始，爰自少昊之君"。据说少昊是黄帝的长子。如果龙润一族是少昊后人的话，也当然是黄帝之后。也许，在他们的一生终结之后，要靠追认先祖为炎黄一脉，才能为自己的人生画上圆满的句号。这样，他们就可以在中土的广袤大地上安息，告慰世人终于落土于宗祖血脉之地，并护佑自己的子子孙孙。

那一年，雨水充沛，阳光喜人。该下的时候下，该晒的时候晒，庄稼长得绿油油的，确是一个好年头。看着地里的庄稼拔苗、抽穗、灌浆，王秋生心里喜滋滋的。考古队在他家门前搭起了棚子，拉上了电线，对他发现的墓葬进行了差不多一年的发掘。他不知道他们在干什么，但知道他们在干一件大事。这些人，说是专家，可一个个泥里水里的，趴下、跪下，要不就躺下。一会儿好像什么也弄不成,一会儿又高兴得大喊大叫。王秋生不知不觉地与他们有了许多亲近,仿佛在做一件共同的事。他请他们进院里喝水、抽烟,也和他们开玩笑。他渐渐知道墓主是一个远道而来的外国人,在这一带当过什么大官,专门管那些来中国做生意的胡人。他们王家也有这样的人。从太原花塔村迁到灵石静升镇的王氏一族,就靠卖豆腐起家,把生意做到了国外。王家大院,大得很。那依山势从下至上的院子,一排一排,气派。不过,王秋生还是更关心他的收成。秋天的时候,谷子收割了。他碾了些新米给考古队的人吃。小米金黄金黄,鼓胀鼓胀。他捧着米,冲着太阳眯着眼看。小米闪着光,蓝的,紫的,金的,铁锈红的,真是好看。好土就能长好米!王秋生不由得说。

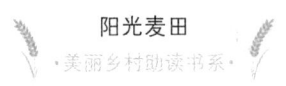
阳光麦田
·美丽乡村助读书系·

谷 子 好

在老家随奶奶上了几年学后,回到了县城,大概是三年级的时候。老家的学校是一座庙,石头砌的,这与村里大部分的"房子"不一样。村里一般人家住的是黄土棱上挖的土窑洞,而我们的学校是庙,真正的石头"房子"。可见人们对学校还是很看重的,但也比不上城里的。一进校门,是个大操场。其实也不大,只不过在我看来是很大的。有篮球场、单杠、双杠、秋千,还有用砖垒起来的乒乓球台案。然后是两块地,种着谷子。谷穗很饱满,弯着头。不知道学校为什么要种地。谷子地再过去是几排教室,我们上课的地方。旁边还有一个院子,回字形。这里除了教室外还有老师们办公的地方、吃饭的地方,大得很。刚刚转学的时候总是迷路,不知道自己的教室到底在哪里。太行山的皱褶里,竟然有一个让我迷路的大学校。

一、回老家

　　还是要常常回老家。有一条公路，土的。我们那里叫"汽道"。为什么是汽道？不知道。大概是汽车走的道吧。不过也没有多少汽车。县里开通了乡间公共汽车。坐汽车，要下山走到汽道旁，在一个牌子下等。汽车什么时候来，没有准确的时间，也不知道时间。没有表。等不上，误了，就返回村里，明天再等。这汽车也不是我们现在常见的公共汽车——封闭的，有软座，而是敞篷的，卡车。车的后斗中间有一条铁链，可以抓住，防止摔倒。汽道坎坷不平，颠簸得很。但能坐上汽车进城，已经非常方便了。如果要走着去，七十多里路，大概也得走一天。我没有走过。卡车一溜烟跑出去，扬起了几十米的黄尘。真快！大家都高兴。

　　还有一种办法是骑自行车。我们叫"洋车"，或者"车的"。这里的"的"读"得"，不读"滴"。这个"的"不是"的士"的"的"，不是名词，是词缀。说的时候要虚，有点捎带的意思。不过这"车的"也不是家家都有。有也是后来的事。家里有一辆,还要再借一辆。父母带着我,带着给奶奶买的日用品,要在汽道上走好几个小时。不过,已经比步行要方便多了。汽道修在山脚下,旁边有一条河,白马河。路就沿着这河来来回回地绕。不绕不行,山太高。

终于到了一个三岔路口,河也分开两岔。向东有一座桥,很长,通往松塔。松塔是一个公社的所在地,大地方,我没有去过。沿着汽道再往南走,就是我们村所在的公社,叫白云,也没去过。这一带的山靠得更近,人也少起来。河水发出轰轰的声响,不知道要出来什么吓人的东西,有点害怕。然后就看见一条小路,曲曲折折,沿山而上。这小路,也很难说是路。陡峭,高低不平,若隐若现,似路非路。爬上山顶,是一溜山脊。远看,是更高的山。近看,是高耸的黄土垣,接近九十度壁立的那种。要走过去,也不是三步两步就行,要沿着山脊转,然后从一条黄土小路爬上去。走这种路,要胆量,更需要力气。自行车在这时就成了累赘,经常要扛着才行。

终于爬上黄土垣,一望无际的感觉。远处、近处,有星星点点的村落。老家，就在眼前。但要真正回到家里，还得下坡。窑洞是挖在黄土棱上的，门前就是一道沟。沟里也有很多地，种着庄稼。

二、好吃的

进了老家门，奶奶要给吃好吃的。好吃的也分三六九等，不一样。最讲究的是油糕，一般不吃，要办"事业"才吃。办事业就是诸如婚丧嫁娶、盖房生娃、满月暖家之类的事。做起来工序多，费东西，但是香。胡麻油炸过的，黄黄的，软软的，闪着金光，冒着热气，想起来就要流口水。吃油糕的标配是片儿汤，人们也叫揪片儿。小麦面，也就是白面做的。我们那里叫白面是"好面"，其他的面就不能列入"好"的范畴了。片儿汤里要荷包鸡蛋，或者打上蛋花。如果家里有豆腐的话，更好。西红柿，我们叫西番柿，这样叫应该更准确，也要切成细丝。葱叶，或者香菜，我们叫芫荽，加上。最后把勺子放在火上，倒上油，等油热起来后，要放上花椒，有的话要加一两粒茴香，在烧热的油里一炸，然后再和醋一起倒进锅里。"呲"的一声，烟气升腾，屋子里就会散出一股清香。就会看到锅里白的、黄的、红的、绿的、黑的，真可谓五颜六色。好不好吃先不说，关键是好看。

舅舅来的时候要吃拉面。这是"人主"，母亲家的代表。如果家里有什么事要做，必须要有舅舅的意见。舅舅的话是很厉害的，不能不听。所以，舅舅到了哪里都很体面。做拉面要用好面。可是我们那里的好面很少。海拔高，产量低，不能种小麦。不过也不是绝对不种，而是种得少。所以平时也不能吃，吃了就没有了。舅舅来了，或者家里有谁生病办事，一点也拿不出来很丢人。记得有一次堂弟的舅舅来了，就给吃拉面。舅舅吃好后，家里人才能吃。但已经不是拉面，改吃河捞面（方言，即饸饹）了。河捞面通常是用玉米面做的，有时也用荞麦面。这些面不够黏，要掺一些榆皮面，就是榆树皮磨的面。现在都是掺面粉，或者叫"白面"。这已经是很文雅的叫法，实际上是叫"好面"。堂弟端着碗过奶奶这边，坐在小凳上吃河捞面，突然就看到碗里有一小截拉面。"看！还有拉面呢。"说着就夹起来让奶奶看，不到一指长。谁知旁边的大公鸡也是认识这拉面的，一个起跳，把拉面叼走了，顺便把碗也扑翻了。堂弟的拉面犒赏了狡猾的公鸡，河捞面也撒了一地，成了公鸡一家的美食。

  一般情况下，好吃的主要是指河捞面，算家里改善生活。吃面要做调面的卤，我们叫"稍子"。酸菜稍子，里面要再配点豆腐，就会感到讲究。但通常没有豆腐，卖豆腐的不知道什么时候才来。人们也可以自己做，不过也只是逢年过节办事业时才做，太费时。也可以做土豆丁、豆角丁、茄子丁、西番柿丁。西番柿不是那种熟透了的红红的西红柿，而是些长不大或者还没有长成的发绿发硬的西番柿。不能生吃，太涩。但可以炒着吃。吃什么丁，全看时令。地里长出什么就吃什么。最讲究的是鸡蛋稍子。一般人家是舍不得的。鸡蛋是一年里买盐打醋的开销，家里的重要资产。通常都是由女主人直接管理，其他人不经手的。所以一旦给你做鸡蛋稍子，肯定是一种高看。我们那里的稍子与现在街上的"卤"不是一回事，必须有汤。稍子好不好，全看一口汤。汤好不好，全看醋用得合不合适。醋多了，太酸，太烈，蜇嘴。不酸没味，不好吃。要做到酸而不酸，也不容易，全凭做饭人的感觉。面顶饱，汤润肠，吃起来很是舒服。

河捞面也不是一种。面不同，就不一样。有玉茭面河捞、荞面河捞、杂面河捞等。做法不同，也不一样。大致有捞面、凉面。捞面是真正的河捞面。"河捞"的意思就是从"河"里捞。当然不可能去河里捞。但那煮面的锅就像河一样。"河捞"是一种想象、比喻，关键是"捞"。每家都有一架河捞床，是一种木头做的可以架在火台上往锅里压面的器具，中间有圆柱体孔。把面搓成圆柱形后放进去，再压。面被打断后就掉到了下面的锅里，只等煮熟捞起来吃。但还有一种河捞，是凉面，只压不煮。压好后蒸熟晾凉了再吃。这种河捞大多用莜面来做，是莜面的一种吃法。如果人家告你说吃莜面了，很可能就是吃这种压面，蒸熟之后晾凉了的。如果家境不错的话，要掺点小米，似乎讲究一些，比纯粹的莜面要高级。吃的时候不是用稍子来调味，而是要蘸调料。酸菜汤，西番柿酱，或者是蒜泥，要加盐，最重要的是要加醋。有了醋，各种味道都活泛起来了。醋是味的魂。

三、米是人的胃

面里掺一点米的做法在我们那里很流行,是家境好不好的标志,也是一种人情。家境不好,就没有那么多米来当配料。到别人家做客,我们叫"戚人"——这里"戚"要用入声来说,连点米都没有见到,就是一种慢待。用玉米面做饭,也经常要掺一点米。最常见的就是在水里撒上面,熬成粥。一种比较稀,是当汤来喝的,也叫"糊糊"。一般情况下要有另外的干粮,饼子、窝头什么的。一种就要稠一点,是当主食来吃的,基本上是早饭。男人们盛一大海碗黴面粥,再夹上几筷子酸菜,端着到场上蹲下,就是我们常说的"亚洲蹲",基本功,谁都会。一边吃,一边说些庄稼事务,听一些东村西庄的趣话。饭吃完了,事也说完了。回家拿上犁锄什么的就到地里干活儿了。在吃这种黴面粥的时候有个讲究,就是不论碗有多大,只在一个地方下嘴,不能乱吃。慢慢地,整个碗里的粥都会流向这里,一直到全部吃完。除了吃的那一片,其他地方都很干净。用舌头一舔,这里也干净了,一粒米也不浪费。

不论干还是稀，要在面里掺一点米，就是上品。米提升了粥的品位。做干粮，比如用玉米面摊的饼，我们叫"黄"，要掺点米就更好吃，有咬头。还有一种叫"和子饭"，也是说米的。烧开锅，下一点米，再加一点黄豆，先熬着。米煮烂了，豆子也熟了，再煮面。然后要煮点菜，如土豆，我们叫山药，豆角、胡萝卜、苘子白……也是看时令，什么熟了煮什么。和子饭的诀窍是慢火熬，单纯熟不行，火大也不行。熟了就吃，"和"不起来，米、面、豆、菜，各是各。火大也不行，很快锅就干了。火要小，才能熬得好。熬出来的和子饭，有汤，有面，有菜，是多种食材的融合，就是"和"。这里的关键是米。米熬过后会渗出一种发黏的汁。这种汁又会渗到其他的食物中。吃起来软硬一致，干稀相宜。可随便喝，也可任意嚼。如果再配点咸菜，是很舒服的。

小米做的饭，最重要的是"稠饭"，就是人们说的小米干饭。做法与大米差不多，但是水要少点。小米没有大米吃水。我们那里的习俗，通常早晨是稠饭。新下来的小米，金黄金黄，闪着光。煮熟之后，那些米静静地躺在锅里，平展展的，像一片平原。每一颗米粒都很饱满，又像微缩的丘陵。如果家境不好，没有那么多的米，早饭就是我们说的馓米粥了，稠的。晚上通常会喝小米稀饭，我们叫米汤。汤是主要的，汤里也可以煮些南瓜，或者土豆。但是土豆没有味道，如果是红薯就更好了，新米熬出来的稀饭，也是金黄的。上面漂着一层米油，淡黄色的，可以闻到米的清香。喝惯了这样的稀饭，就不再愿意喝旧米熬的，米色黯淡、惨白，也没有香味，更不会有米油。直至现在，在饭店里吃自助餐，我都不愿意喝这样的稀饭。陈米，没有熬到火候，很寡。就是人们说的"清汤寡水"，米是米，水是水，没有"和"起来。还有一种吃法，是捞饭。夏天时吃得多。先把米煮熟，再用笊篱捞出来，晾着。家境好，就把这捞饭炒一下，有胡麻油的香味。如果有点豆芽炒进去，更好吃。吃完后再喝一碗煮米的汤，心里就踏实了。不过，捞饭没有稠饭出货，比较费米。

　　米，是人们的胃，是生活品质的标志。实际上，米也是人们的命。没有米，生活就少了很多情趣，就没有了快乐，没有了明天。直至离开家乡，还是心心念念地希望能够吃到刚刚下来的新米。但是，米并不能直接生长出来。地里长出来的是谷子。米是谷子的儿，是谷子的盼。什么时候就有了这些能蜕变出小米的谷子？儿时并没有想过。似乎米是天经地义的，必然要有的。慢慢地才意识到，米的出现也不是那么简单的。不是什么地方都能有这样的米。

四、狗尾巴草，粟

在我们的家乡，黄土垣上，这里那里，到处都生长着狗尾巴草。狗尾巴草，会长出一个像狗尾巴一样的穗子，很像谷子，总是弯着，随风摇摆。据说这种草易于生长，耐旱，不惧盐碱，一株就可以结出上万粒种子。但问题是人不能吃，只可以当药来用，有祛风明目、解毒杀虫等功效。当然也可以割回家让牲口吃。牛马羊这些家畜很喜欢吃。专家说，这种草正是谷子——他们叫作"粟"的野生祖本植物。如果没有这种草，就不可能演化出粟——谷子。就像没有高级灵长类动物就不可能进化出人一样。狗尾巴草竟然是谷子的前生。它们在古人的眼中有一个非常好听的名字——"莠"。《淮南子·说山训》中就记有"农夫不察苗莠而并耘之"。就是说，因为这"莠"与"粟"的苗在刚刚长出来的时候是很难分辨的。即使是农夫也只能把它们一起耕作养护起来。专家们认为，可以根据狗尾巴草的分布来推断谷子的生长地带。显然，太行山地区是非常重要的粟作农业的原生地。不幸的是，今天这些仍然是狗尾巴的草，已经失去了演化为谷子的机会。它们在黄土地上随风摇曳，让我们能够去追想那些没有粟——谷子的时代。

不过，仅仅依靠狗尾巴草就得出结论，还是比较草率的。考古学家们发现了许多重要的遗存，使这种推断有了实证。在黄土高原，很多地方都发现了史前的粟，就是谷子的遗存。比如甘肃秦安大地湾遗址、陕西宝鸡斗鸡台遗址、临潼姜寨遗址、河南新郑裴李岗遗址、山西万荣荆村遗址、夏县西阴村遗址、内蒙古赤峰四分地东山咀遗址，等等。

在这些发现中，太行山两侧的遗存最为重要。专家们根据这些遗存勾勒出了粟类作物从野生逐渐进化的大致轨迹，探寻出了农业的发展进程。比如在太行山西侧，山西沁水下川遗址中，人们就发现了距今两三万年至一万余年的文化现象。其中的石器极具特色，特别是石磨盘、磨棒、石刀、石镰、石斧等，证明这一带有着较为集中的农业生产现象。后来的发掘研究表明,下川一带有很可能是粟的颗粒的遗存。在太行山西侧的山西怀仁鹅毛口石器制造场遗址中也发现了大量的石器,其中也出现了石斧、石锄、石镰、石磨盘、石磨棒等。这些石制的工具虽然在今天的我们看来比较"原始",却是那一时期人类最先进的"科技",人们从事着最先进的生产——农业。就是说,在距今一万多年以前,我们的祖先就开始尝试着怎样才能种植生产能够满足人需求的食物,农业生产的序幕缓缓地拉开了。那些在一万多年前挥动石镰收割粟——谷子的人们,是否知道自己的劳作将创造一个辉煌的未来?

实际上,这样的辉煌并不遥远。在太行山东侧的河北武安磁山遗址中有了惊人的发现。这里有数十个用来储藏作物的窖穴,林林总总,大小不一。里面还存放着碳化了的粟——谷子,堆积厚度最厚的可达两米以上。要知道这是一处距今八九千年的遗址,当时的生产力还比较低下。但是,竟然有人在这里存储了这么多的谷子。这应该是农业生产,主要是种植农业得到较大发展以后才能有的劳动成果。这里是哪里?为什么要存这么多的谷子?谁种出来的？或者是谁运来的？如果是我们村的话，二百来口人，即使是一人一年吃五百斤粮，整整一年也吃不完。那样的话，奶奶该做多少稠饭啊！

  重峦叠嶂的太行山里，我们的先民劳作、生活。最早的时候，他们采摘树上的果实和地上生长的植物来维持生命。后来，他们开始研究怎样才能去种植这些食物。这是一个漫长的过程。传说炎帝及其后人就在不断地研究、尝试。他们采集各种植物种子，一种、两种，七种、八种，一次又一次地实验，终于知道了什么样的植物果实是可以食用的，怎样才能使这些可以长出粮食的植物生长起来。炎帝是农神，是为农业发展做出决定性贡献的先祖。如果没有他的话，我们很可能还不知道该种什么才能填饱自己的肚子。人们怀念他，景仰他，祭拜他。各地都有很多相关的传说，山西、陕西、甘肃、河南、湖北、湖南……即使是我们那里，也存留着许多相关的传说。在距我们村二十多里的地方，有一个镇子，叫羊头崖。崖，自然是山崖。在一连串的山脊下，面临着一条河——白马河。而羊头，我曾以为是指这里的地形像羊的头一样，或者这崖像羊的头。后来才知道，炎帝部族崇尚羊，并赋予

阳光麦田
·美丽乡村助读书系·

羊一切美好，如自己的族称与姓——羌、姜，优雅的状态——美、羞、羡、善，美好的行为——着、盖、翔、群、羲，等等。那些地名中带"羊"字的地方，大概率是炎帝族人曾经生活过的地方。这个在我看来很可能像羊头的镇子，更应该是崇尚"羊"的人们生活的所在。从遥远的未知之时，一直至今天，他们可能是最早驯化了羊的人们，在这一带养羊放牧，开荒种地，子子孙孙，绵延不绝。粟——谷子，就在他们的劳作中生长起来。而羊头崖，以一个地名默默地告诉后人，这里正是先祖种植粟——谷子的土地。

但是，谷子并不能吃。要想吃到谷子，必须有更多的劳作。考古发现的石磨、磨棒，就是用来脱壳的。先民们用石棒在石磨上碾压，使谷子的外皮破损褪落，却又不会压碎谷壳里的果实，给我们留下了那些黄澄澄的小米。小米，经过开荒、施肥、犁耙，经过选种、育种、耕种，经过浇水、间苗、除草，老天不旱也不涝，没有虫害也没有水灾，没有错过节令也没有遭遇倒春寒，终于在地底生长了。绿绿的嫩尖顶破了土，开始长大。看着这些慢慢生长起来的谷苗，人们充满了期待，觉得汗水流得值。

牧童遥指杏花村·杜学文

太阳还没有升起的时候,人们就来到了地里,用石锄锄草,用石刀,或者骨耜来松土。累了的时候就直起身,仰头看天。该不会在不该下雨的时候下,也不会在该下的时候不下吧?问自己,也是问"老天爷"。"老天爷"是体恤这些种地吃饭的人们的。秋天终于到了。粟——谷子长成了。穗子沉甸甸的,十分饱满;穗身也很长,把谷秆压得倾斜起来。又过了些日子,有经验的人掰碎谷穗,掰下来几粒米,放在手心里。他们左看看,右看看,又举起手来,冲着太阳——我们叫阳婆爷看。真是看不够啊!他们挥舞着青石制作的镰刀,把谷子的根茎割断,也许说砍断更准确些。然后把这些谷子一捆一捆地带回自己的聚落——一些外面有壕沟,四边有屋子,中心有广场与大房子的村庄之中。然后把谷穗用石刀切下来,用石磨与石棒碾压。经过差不多一年的时光,小米终于收获了,被人们细心地储藏在早已挖好的窖穴里。这些小米,要陪伴人们过冬,并迎接来年的小米。

五、谷子的四季

一过惊蛰，万物萌动。人们开始到地里忙碌。雨水已经来临，地上湿漉漉的。先要把冬藏了一个季节的土翻起来。人们已经不再用石制的耒耜耕地了，而是赶着牲畜拉着铁犁。至少从春秋时期铁制工具开始普及，到了战国时代，铁器就正式登上了历史的舞台。到了汉代，农业发生了深刻的革命，铁犁成为最具代表性、最先进的农业用具。铁犁可以把土翻得更深，使土中的水分直接供养种子。但也不能太深。太浅扎不住根，太深出不了苗。到底是多深多浅，全看掌犁人的手功。犁得不好，地就会东倒西歪，高低不平，土不成垄，不能种。犁过后要撒粪，全看一张锹。看起来好像是东一下西一下，随便得很，但要撒得匀、撒得全，四角边沿都撒上，也不容易。土地吃不上肥，作物不生长。肥多了，会"烧"死苗。撒完粪，还要耙一遍。耙有三排木头，长方形，铁耙朝下，用牲畜拉。人要站在耙上，一手握缰绳，一手挥鞭，控制耙的走向。耙过的土地平整、匀称、细腻，像铺上了条纹式的地毯。之前撒的粪也被均匀地耙开，翻到了土中。

牧童遥指杏花村·杜学文

然后就是下种，用的是耧，牲畜拉着。前面要有人牵，怕走歪，浪费土地。后面掌耧的人要不停地摇，就是摇耧。劲儿不能大，大了种子就全下去了。但也不能小，小了就断了苗。耧的下面是铁制的像犁但更小的"犁"，要犁开土，让种子进到土里。能不能进到土里，进得匀不匀，全看摇耧人的技术。

谷苗快长到小腿高，就要间苗。这是苦活儿。天气更热了，晒得很。间苗时人要蹲在地垄里，低着头，把长得过密的谷苗锄掉。不锄，苗就长不大。但也不能太稀，太稀浪费土地，结得少。间苗时还要把杂草除掉。狗尾巴草就是重点。它与谷子的外形几乎一样，生长特点也差不多。如果留下来，就会与谷子争夺水分、阳光、肥料。天如果旱，就要浇水，特别是在灌浆前，谷子很怕旱。灌浆后，又很怕下雨。雨多长不成。这期间也就是十来天的事。什么时候旱，什么时候下雨，人定不了，是天的事。天最大，最高，能保佑人们风调雨顺。对这天——老天爷，人们充满期待。

收割的时候，也是非常辛苦的。弯着腰，低着头，手不能停。好不容易长成了，要趁天气好赶紧收回家。石镰已被淘汰了两千多年，人们用的是铁镰。好庄稼人，必须有一把好镰。要轻，不然拿在手里舞腕不开。要快，锋利，一镰刀下去就能割一把，绝不能一株一株地割。女人们都不可能这样。一株一株地割很丢人，非常败兴。败兴不是扫兴，没有了兴致，而是说能力太低被人看不起，甚至是很看不起。"你真败兴！"就是说你太丢人了，丢人丢到太平洋了。但语气与否定的程度要比这种文绉绉的表达要狠，要恶。

  割倒的谷子要随手捆成捆，赶快运回家里。不是怕丢了，而是怕下雨。一下雨，谷子就不能吃了，一年的辛苦就会全泡了汤。谷子运回家，或者场里，要切谷穗。谷秸秆也不能丢，喂牲口，牲畜非常喜欢。也可以编器具，如挡风的帘子、囤粮的仓……也有人用来垒旺火，正月的时候用。再剩下的就沤粪。跟奶奶在村里时就见村外有一个大水坑，泡了很多秸秆——玉米秸秆、谷秸秆、豆秸秆，也不用管，要泡到完全沤烂。春天施肥时是很好的肥料。土里生长的一切都会再回到土里。

六、米

　　谷穗切完后，要拿到打谷场上打。打的目的就是要让谷粒从谷穗上落下来。哪个村也必须得有个好场。场是村子的脸。没有场说明种不出庄稼。没有好场说明这村子不会过日子，不是好村子。村里人多，数十家，一个场不够用。我们村至少有四个场。奶奶家窑顶上就是一个，在村子的东头。村子的西头也有一个，是最大的。村中心还有两个，相对小一点，但去的人多。总共是四个，但也不一定够。院子大的人家就在自家的院子里，或者窑顶上打，方便。反正是要在割了谷子后的几天内打完。不然遇上雨就坏了事。好在是秋天，雨少。

　　打场用的是连枷。一根木杆的头上绑了一个藤条编的长方形"枷"。枷不能绑死，要在举起的时候转，落下的时候正好是枷的平面打在谷穗上。这个活儿也不好干，生手很难。主要是转不起来，转不起来就不能打。但也不能随便转。枷落下来的时候还在转，会把谷穗打飞。落下来的时候不是枷的平面，而是立面打在谷穗上，也打不成。那些老手们挥动连枷，左右翻飞，力道适宜，

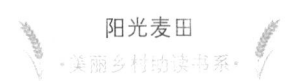

一柫挨着一柫,打得匀,打得细,打得干净。他们挥动连柫的身姿,自然得体,上下协调,有韵律。场上的谷穗不断地被打散,谷子就从谷壳里跑了出来。

如果谷穗很多,一时半会儿打不完,就要碾。谷子少的话碾不开。村村都有用来碾场的碌碡,是一块大石头,被石匠们一凿一凿蜕去多余的部分,终于凿成一个短而粗的圆柱体,但不是圆柱。碌碡的心是空的,要插进去铁轴,还要露出两端,包上木头。木头上要能拴绳子,用驴拉着碌碡在场里转圈圈。骡子、马都不行,太大,场子里走不开。这时候,打场的人就要分工。一个人负责控制驴,让它在场子里拉着碌碡转圈。其他人要不停地翻谷穗,让碌碡碾匀。差不多的时候,要扇。扇的作用就是把谷壳、杂草吹走,留下谷子。只有这时,人们才真正收获了心心念念的谷,古人叫粟。

扇要用扇车。在我们这些孩子看来,扇车很神秘。它很像一只老虎。头是一个口,扇的时候就会吹出来谷壳、谷秸秆什么的。背上有一个斗,上敞下收。打好的谷子要倒进这个斗里。肚子里有一个风轮,靠人们摇动手柄才能转起来。摇得越快,转得越快,以至于那些风叶都分不清谁是谁，重叠了起来。大些的孩子就会使蛮力，比赛谁转得快。记得一个愣头青的半大小子正憋足劲儿摇，结果用力过猛，摇脱了手。摇柄打了他的鼻子，鼻血就流了出来。有孩子就喊：快用鞋底子擦！他脱了鞋用鞋底子的边擦鼻血，果然就不流了。不流了，就接着摇。扇车的尾部也有一个口，在摇柄的对面。谷子会从这里流出来。直到现在，我也不清楚，斗里的那些谷子是怎样才能流不到地上而靠风分开的。扇车，是村里最具科技感的机器。谷子打好后人们就不再着急。即使下雨也不怕了。人们的心开始踏实起来。

但要吃到谷子的果实——小米，还需要碾。村口就有一个碾子。谁家没米了就到碾子上碾米，实际上是碾谷。这个碾，外形与场里的碌碡差不多。区别就是小了很多。它不是放在场里，而是放在碾盘上。碾盘与磨有点像，但有很大的不同。磨是两块石头凿成同样大小的磨盘。磨盘相对的一面要凿出以圆心为焦点的石槽。玉米、荞麦、莜麦、黍子、豆子，凡是要磨成面的东西就靠这两片磨盘"磨"。上面的一片磨盘，要打一个眼。人们把要磨的东西不断地放到这眼里。也是驴拉着磨盘转。不过，转的时候

就不需要人来牵引了。它们被驾在了磨杆上,绕着磨转圈。这圈太小,很容易转晕,就要把驴的眼蒙上。在磨盘下面,要有一圈石沿。磨好的面就会顺着磨盘上的槽流到这石沿上。磨面的人要不断地往磨眼里放东西,还要注意把流下来的面往里面扫。不然的话,面就会流到地上。差不多的时候,就要"箩"。把面放到一个大箩里,来回摇动,面粉就从箩里落了下来。箩里剩下的是"麸子",就是还没有彻底磨碎的渣、皮。一般情况下,这些东西人是不吃的,主要是用来喂鸡。

但碾子就不一样了。碾子主要是一个石台。中间竖一根铁柱,固定碾子。碾子也是被蒙着眼的驴拉着转圈。人们把谷粒倒在石台上,摊匀,让碾子碾。碾过若干圈,看谷子开了没有。开了,就会与米分离,碾过的谷子要用簸箕"簸"。"簸"的时候,考验的是人的臂力。把谷子放到簸箕里,要背着风上下抖着翻动。风吹过来,或者簸箕抖动形成的风会把谷壳吹出去,或者抖出去,剩下的就是米。米是米,人吃。谷壳是糠,喂猪或者鸡。

一年的劳作,也还风调雨顺。米终于打出来了,放在窑洞的深处。用蔑子或谷秸秆编成的席子围城一个"屯",里面放着还没有碾的谷子。碾好的米要放在一个大大的水缸里，再盖上秸秆编成的盖子。每次从这缸里㧟出米后，要用手把米抹平整，再印上女主人的手印。那手印，五指四叉，骨节伸张，仿佛在护着自己的孩子。看着这黄澄澄的小米，心里就踏实了许多，欢喜涌上心来。明年的时光不用发愁了，要好好地吃一顿稠饭。

砂锅坐在火上，冒着热气。小米的香味在窑洞里来来回回，很撩人。由不得就咽了一口口水，我们那里叫"鼾水"。再炒个鸡蛋。卖豆腐的知道新米下来了，也天天来村里。人们就端上一碗崭新崭新的米。看，这米，圆鼓鼓的。卖豆腐的也说，嗯，好米！说着就切下一块豆腐，直棱直角，精神得很。拿回家，切成四四方方的丁，拌上小葱，再倒一点醋。白的是白的，绿的是绿的，青白相间。手脚利索的女人早已发好了绿豆芽，长长的，尾巴上还有绿豆的皮，像一个个蝌蚪。到地里摘了一把豆角，也切好煮熟，撒一点盐，拌一点醋，也是个菜。男人们要温一壶白酒，热乎乎的，发出"吱——"的一声，再慢慢地咽下。酒进了肚子，四处乱窜，荡气回肠，热辣辣的。然后就长长地"唉——"了一声。不知是享受，是欣慰，还是一种仪式。这一声"唉"是对一年的总结，是对妻儿的安慰，也是对自己的认可。吃过酒，就端起海碗吃稠饭。新米的味道就是不一样，香！一大碗稠饭下肚，用舌头舔了碗沿，放下筷子，说，熨帖！

多少万年以来，人们总是在大地上漫不经意地采摘谷穗。如果说有目的，就是要填饱人的胃。但什么地方能够找到这种能填饱胃的食物却不知道，没有目标，全靠运气。后来，人们终于学会了在土地上种谷子。再后来，种谷子成了人的一年四季，一种习惯，一种仪式，一种周而复始的生命过程。人们在土地上劳作。汗水滴在土地上，辛苦下在土地上，收获也在土地上。所有的欣喜、欢乐、幸福，乃至于悲伤，都在土地上。一直到今天也没有改变。如果说有改变的话，就是人们使用的工具，从石制的到铁制的。铁制工具，是农业的革命。而农业是文明的前兆。农业改善了人的生活，增强了人的体质，提升了人的智力，发展出天文学、数学，也发展出手工业、商业。财富不断地增长，城市、管理、阶层，以及高级的技术、文化都出现了——文明就诞生了。而谷子，正是农业的象征。谷子——小米，养育了人类。我们把一切颗粒状的可食植物果实都称为"谷"。它们脱壳后就被称为

"米"。而我们说米的时候就天然地知道,米就是小米,而不是其他的米。米伴随着人的生命,形成了历史。

米是人的命。

七、谷子好

相对于人而言,谷子是慷慨的。它们随着人的踪迹走。最初的谷子,可能生长在太行山脉、黄土高原。但是,它们并不满足于仅仅养育这一带的人。迁徙的人们怀揣梦想,身背谷子,或者翻山越岭,或者跨海越洋,或者从我们今天还不知道的某条神秘线路上走向远方——向南,向北,向东,向西。忽然,他们觉得某个地方的风是熟悉的,吹拂着家乡的味道。土也是熟悉的,捏在手里绵绵的、细细的,勾起了家乡的温暖。他们放下谷子,把谷子撒在这样的土地上,这里就成了他们的家乡。他们给这里命了一个故乡的名字,不然就会找不到自己的家。他们又在这里建立了故乡的耕作方式与生活习俗,使这里如同故乡。不知道经历了多少漫长的时光,新的迁徙又开始了,又有人把这样的地方当作了自己的故乡。故乡随着人们的脚步不断地出现，再出现。故乡就是一袋谷子，一把小米，一碗稠饭。

学者们对谷子——粟的传播进行了研究。他们认为，谷子原生于黄河中游的黄土高原地带，先向北部、西部传播，并穿越了中亚、西亚，跨过了大西洋，在某个时期进入了美洲大陆。东部到达了朝鲜、日本。往南，到达了长江中下游、淮河流域，以及东南沿海与宝岛台湾一带，再向更远的域外传播。在南亚进入了印度等地。考古学家在中亚一带发现了许多谷子的遗存。法国考古学家葛乐耐介绍说，在今天乌兹别克斯坦的撒马尔罕古城就发现了一处谷仓，是公元250年左右被火烧焦的遗存。这个谷仓有上下两层，有多个用来存储的房间。每个房间长10.97米（36英尺），宽5.49米（18英尺）。发现的时候里面还有深达数米的粟米，也就是小米。考古学家推测，这些谷子是给士兵与战马吃的。多年前，亚历山大的军队之所以能够在短短的几年中从地中海打到中亚，就是因为他们有这种小米。小米"坚实且有营养，又可以轻松储存上十年而不坏"。葛乐耐强调，最早期的黄河文明就是在粟米文化上发展起来的。米就是力量。

牧童遥指杏花村·杜学文

在撒马尔罕古城东面不远的地方，也有一座古城，叫片治肯特，属于今天的塔吉克斯坦。俄罗斯考古学家马尔夏克，被誉为"中亚考古学之父"。他也介绍在这座古城中发现的谷仓，是大约公元8世纪的时候使用的。片治肯特古城中心的一处宫殿，包括一个庞大的大厅，五个有穹顶的一层楼，三个有穹顶的一层谷仓，三个有穹顶的二层谷仓等。每间谷仓大约有七十平方米，可以堆放五六十吨的谷物。在这座古城中，谷仓并不止这一处。这座宫殿的大厅基本完好，其中有很多壁画遗存。虽然剥落，仍然能够辨认。北墙的壁画中就画有收割谷物的场景、谷堆等。除了劳作的人们以外，还绘有这一带的农神——提乐爷爷。虽然我们还难以准确地说出谷子——粟是在什么时候传入中亚的，但也有人认为，很可能是在距今四千多年前。毫无疑问，至少在公元元年前后，这一带已经有了谷子——小米。

前些年筹备春节晚会，就有人说应该演一个叫《谷子好》的节目。这是赵树理创作的高平鼓书，流传很广，深受欢迎。高平是一个县级市，地处太行山的东侧南段。这里有很多关于炎帝神农氏的传说，被认为是炎帝的故里。这似乎也隐含着一个很重要

的事情，就是粟作农业的形成、兴盛与高平有很大的关系。高平鼓书，据说是由宋金鼓词演变而来，在清乾隆年间成型。最初的表演形式是干板鼓书，以说为主。后来唱的功能逐渐增强，说的功能不断弱化。其间又融入了上党梆子、上党落子、钉缸小调及高平秧歌等曲调，使唱的形式不断丰富。演唱以鼓、板击节为主。搜索发现，网上有各种各样的《谷子好》版本。单人表演、男女双人表演、小合唱式的表演、童声表演……大部分都伴有当地的民间舞蹈。其旋律，也充满了地域色彩，富有生活气息。演员们有的扮成说书人，拿着胡琴边拉边唱；有的拿着谷穗，在舞台上边舞边歌；有的则把鼓书当歌曲来唱，手里拿着话筒；还有的是正在上学的孩子们演唱的。可谓老少皆可，形式多样。

谷子好，谷子好，

吃得香，费得少。

你要能吃一斤面，

半斤小米管你饱。

爱稀你就熬稀粥，

爱干就把捞饭捞。
磨成糊糊摊煎饼，
满身窟窿赛面包。

谷子好，谷子好，
又有糠，又有草。
喂猪喂驴喂骡马，
好多社里离不了。
谷子好，谷子好，
抗旱抗风又抗雹。
有时旱得焦了梢，
一场透雨又活了。
狂风暴雨满地倒，
太阳一晒起来了。
冰雹打得披了毛，
秀出穗来还不小。
……

谷子好,谷子好,

应对谷子多关照。

谁对谷子看不起,

快把偏心早去掉。

……

高平,炎帝神农氏尝五谷处。

$\qquad$ 2024年4月20日13:32　于晋阳

$\qquad$ 2024年4月22日10:09　改于并

$\qquad$ 2024年4月23日22:52　改于并

牧童遥指杏花村

一、东都·太行陉

远远地看到"天井关"三个字，杜牧长出了一口气，他的心沉到了肚子里。到了天井关，就算是穿过了太行陉，登上了太行山。

太行陉，太行八陉之一。从太行山底的怀州河内向北上山，几乎垂直地蜿蜒四十多里才能到泽州。"北上太行山，艰哉何巍巍！羊肠坂诘屈，车轮为之摧。树木何萧瑟，北风声正悲。熊罴对我蹲，虎豹夹路啼。溪谷少人民，雪落何霏霏！……"据说当年曹操领大军去剿灭割据的并州刺史高干，就是由此翻越太行山的。正值严冬苦寒时节，山高路窄，"迷惑失故路，薄暮无宿栖。

行行日已远，人马同时饥。担囊行取薪，斧冰持作糜"。其不易竟如此。曹操的《苦寒行》，有一种悲悯与壮烈。

春分的时候就出了京师。从京师长安至东都洛阳，有水路与陆路可行。水路从龙首渠、广通渠进入渭河，再乘船进入黄河，从洛河入洛阳。这一路有船可行，省时便捷。但寒冬未尽，冰凌未消，船不能行，且在陕州，要过三门。水流湍急，极其危险。稍有不慎，船就会倾覆，生死难测。虽然也可稍候些时日再启程，但杜牧心切，不愿再等。而且晚走的话，大半在清明节前赶不到西河郡，就会错过祭奠曾祖的节气。

杜牧在驿馆租了一头驿驴，把行李带上。出发的那天，特意经过了皇城的含光门、朱雀门、安上门，再从京师东面的春明门出城。看着皇城威严、端庄的神态，脚下便有了劲儿。杜牧觉得自己一定能说服刘悟出兵，为唐室剿灭割据叛乱的藩镇。

雍容大气的京师长安越来越远。一人一驴，经华阴至陕州，再至新安，终至洛阳。东都，确是一座富丽堂皇的所在。

伊洛盆地，是中原的中原。洛阳，是都城的都城。中原，是华夏的代名词。中原的核心区域就是洛阳。大唐，长安为京师，洛阳为东都，而龙兴之地晋阳是北都，为拱卫两京的都城、中原的北大门。大唐在隋洛阳城的基础上多次重修。武则天时按照天上七个星座的布局从南到北依次兴建了天阙、天街、天门、天津、天枢、天宫、天堂七大建筑，形成了一个近似于天上三垣的地面中轴建筑群。其中的天堂最为壮观，是东都洛阳最高的建筑。洛阳城，由皇城、宫城、外郭城等组成。洛水穿城而过，可谓"洛水贯都，有河汉之象"。杜牧在天堂前伫立再三，不忍离去。这天底下最壮观的城市，如何可灰飞烟灭？大唐！他在心里默默地感叹。

刘悟是昭义军节度使，驻扎在潞州。他的家世非常传奇。祖父本叫刘客奴，在平卢节度使柳知晦手下任牙将。柳知晦参与了安禄山的叛乱，被刘客奴袭杀。出身草莽的刘客奴就被授平卢节度使，赐名刘正臣。后来的平卢节度使李师道又参与叛乱，被刘悟袭杀。唐宪宗封刘悟为义成军节度使。唐穆宗即位，命刘悟移镇潞州，任昭义军节度使，又封了一大堆封号——检校尚书右仆射、检校司徒兼太子太傅等。再后来，唐室派刘悟去幽州平乱，刘悟却不想去，留在了潞州。监军刘承偕当众侮辱刘悟，引发兵乱。从此，刘悟对朝廷不再唯命是从。有人以为他要割据一方。朝中失意者也多有投奔，割据的传言甚嚣尘上。

昭义军治所在上党盆地的潞州，其南紧邻泽州。此外，还领有太行山以东的邢、洺、磁三州，横跨太行东西两翼。所谓"束山东之襟要，控河内之封壤"。如果这一带起兵叛唐，形势将十分严峻。其东，可控制太行山以东大部地区。其南，正压制着东都洛阳。往北，将与形势不稳的并州、幽州，以及燕云连成一片。往西，直接威胁京师长安。穆宗把刘悟移镇于此，似乎考虑到刘氏数代忠于唐室，屡在关键时刻平乱护唐。而刘悟，果敢任事，长于搏击，又善用人，深得军中将士拥戴。也许，穆宗以为刘悟坐镇上党一带，可助唐室稳固形势。但这时的刘悟却不愿出兵征讨幽州叛将，又风传欲割据一方。杜牧觉得自己应该为唐室的稳定尽匹夫之力。

虽然家道渐衰，布衣之身，却也是名门之后。杜牧的曾祖父杜希望，文武双全，有豪侠之风，是著名的战将，曾任代州都督，又迁鄯州都督，在西域一带与乱军大战。有一次竟斩首千余级，吐蕃非常惧怕，传信求和。后任恒州刺史，再改西河郡太守。杜希望为政有德，清廉自爱。逝后葬于西河。杜牧的祖父就是著名的杜佑，是六朝元老，三朝宰相，先后辅佐德宗、顺宗、宪宗，以富国安人为己任。时人认为"佑治行无缺"，深得皇室信任，尤其是唐宪宗，尊其为司徒。杜佑博古通今、学富五车，用三十余年撰成二百卷《通典》，是史上第一部记述典章制度的专史。杜牧的父亲是杜从郁，也是一位才华颇高的名士，曾担任过太子司仪郎、左补阙、驾部员外郎。杜氏一族乃京兆名门，从汉代起就有不凡的名望。在唐时，也是朝中栋梁。或征战沙场，或运筹朝堂，或施政一方。杜牧自然濡染了非凡的气度、家国的情怀，尤对治事、军务有浓烈的兴趣。虽然还未求取功名，无一官半职，却天生地觉得自己应当为国家唐室做事。

站在天井关，寒风愈加料峭。但细细体察似乎有了微微的暖意，与深冬的风多有不同，不再似针扎刀砍一般。回头望向来路，也只有眼前的山隘中一条不宽的石坡，从山中蜿蜒而去，似垂流直下。路面的石头参差错落，高高低低。有深深的车辙，转弯之后便消失在视线之外。路的一边是矗立的山体，向上，再向上，直插云霄。路的另一边是深沟，长满了杂草与树木。猛一看，草木葱茏；再细看，深不见底。这沟，就是人们所说的"陉"了。不知道自然如何造化，太行山在这里突然断裂。

极目远眺，黄河隐隐地悬挂在远天之中，在阳光的照射中闪烁着金色的光芒，把世界分成两半，苍茫而辽远。一大片楼阁亭台密密匝匝，聚集在天边。有一处檐顶高高地耸立着，直向云霄。周边金光点点，在风中跳跃。那应该就是东都的天堂了。到了洛阳，先寻一处客馆。安顿好后，又在市街上游走。洛河两岸，人来车往，成为皇城与市坊的分界。除了东市、西市，洛阳还有南市。据说这南市规模最大，内中有一百二十行、三千余处各类店铺。各种货物堆积如山，往来行人层层叠叠。虽与京师相比还是小了些，却比京师更具烟火气。

沿街的店铺鳞次栉比。安家珠子铺，朱氏纸砚馆，车家炭铺，竺氏香铺，王家药铺，王楼山洞梅花包子铺，曹婆婆肉饼铺，李四家分茶铺，何娄头面首饰店，等等，不一而足。找了一处酒楼坐下，问有什么好酒？小二竟说天下好酒，应有尽有。长安的西凤，蒲州的桑落，西河的乾和，西域的银瓶酒、葡萄果酒，任客官选用。想想将去西河祭祖，就要了一壶西河汾州的乾和酒，又要了切芋头、辣萝卜与旋炙猪皮肉。小二说要什么点心，又要了胡桃仁馅的胡饼。忽然看到了一个"泽州饧"，便问是什么吃食？店家说是泽州出的一种用麦芽熬成的饴糖，吃了满口麦香。昭义军辖泽州、潞州，就要了一份。想起《北齐书》所记之"汾清"酒就是当今之乾和，在京师时常与诗友豪饮。那酒，清澈见底，清香四溢。初入口时辣得很，直让人抹嘴砸舌。还未停歇，一股暖流从腹中缓缓而起，随带着淡淡的纯纯的甜泛上唇间舌边。这甜四散开来，透出一种绵绵的感觉，又回到舌尖。热就从每一个毛孔中散发出来。真是好酒！于是又要了两大壶，慢慢品味。"花间一壶酒，独酌无相亲。举杯邀明月，对影成三人。李白是否也有如我杜牧之行？"渐渐地，市声消歇下来。

真是好酒！过了天井关，就是上党。据说上党一带也有好酒，是潞酒。不知这种酒与汾州的乾和相比如何？想到酒，杜牧的兴致又高了起来。再行五七日，即可到达潞州。那里就是昭义军治所，也是潞州之州府。

二、潞州·上党盆地

沿着山路前行，太行山蜿蜒曲折，巉岩峭壁，怪石奇峰。矗立的松树、樟树像一队队军士，纵横而列，挺拔入云。大团大团的云雾缠绕在林间，缥缥渺渺，似真似幻，如在半空之中。丹水如绿色的丝带，在这云间环绕绵延。杜牧忽然想起祖父杜佑的一句话:"上党之地,据天下之肩脊,当河、朔之咽喉。"当年的周穆王就是从成周洛邑出发,过黄河,逾太行,沿山而行,"饮天子蠲山之上",绝漳水。蠲山、漳水,都在上党之地,说的都是这一带的行程。正是沿此太行道,周穆王巡游西域,与各地人民广泛交流。返回后又平息了徐淮之乱、荆楚之变,维护了一统。当年的周穆王,英姿飒爽,意气风发,西巡东征,真正是一代英豪、人间天子。平定安史之乱时,郭子仪曾率唐军由此直下洛阳,在收复京师后又收复东都,史称"再造王室,勋高一代""以身为天下安危"。想到这些,杜牧的信心又饱满起来,脚步也轻快起来。驮着行李的驿驴似乎也从陉道的惊险中回过神来,不时悠闲地停下来吃路边的枯草。

潞州府,矗立在上党盆地的平川之中。其东为南太行,西为太行支脉太岳,乃五镇之中镇。漳水、石子水、黑水贯通其间,太行湖居其北,连通漳水。此地物产丰饶,五谷茂盛,富有铜铁,多种桑麻,乃鱼米之乡。

来到一处山顶,忽然看到了远处隐约的市镇,楼阁林立,飞檐翘角。问田中老者,说正是潞州府城。左右看看,有一眼泉水,就过去取水洗漱,略整容姿。一抬头,见泉水旁的石头上有三个

牧童遥指杏花村·杜学文

字：神农泉！老者说，此山乃羊头山，是当年神农帝尝百草、种五谷之地。此泉乃神农泉，是神农帝得嘉谷之地。不远的山上有神农城，是神农帝之行宫。又问老者贵姓？答曰姜姓。但见老者白须及胸，面色红润，腰板挺拔，真神人也！杜牧拱手再三，缓缓而退。

山石之路虽坎坷不平，但两边却被开出一层一层的土地，肥沃得很。有三三两两的农人在劳作，把地里的肥土撒开。又要播种了！一茬一茬的庄稼就会生长起来。土地从来没有亏待过劳作的人们。时光就这样一年又一年，绵延至今。当年的神农帝，因误尝百足虫而逝。他是不是对今日之民众因有五谷饱暖而感到欣慰呢？应该是的，杜牧想。于是就伸手挖起地里的土。那土还带有寒意，却绵绵的，如绸缎一般舒服得很。杜牧把土慢慢地撒下来，仿佛看到了庄稼正在缓缓地拔节生长。真是好苗啊！

正沉醉间，就听得一声断喝："呔！如何扬土？"看那农人气愤的样子，杜牧的神色就僵在了半空。好土才能养人。那农人边说边过来理土，又回去劳作。是的，好土才能养人。杜牧知道，那层层叠叠的土地，会生长出茂盛的庄稼。

阳光麦田
·美丽乡村助读书系·

天色将暗,潞州府城一片寂静。街边的店铺挂着灯笼,或成双,或成串,大大小小,不一而足。与东都相比,潞州确是小了许多,但城中也有不少魁梧宏阔的建筑。找到一家客栈,安顿下来。又重新租用了一头驿驴。如果刘悟不见,就赶往并州。拿出携带的衣物,准备明天换上,以显庄重。又取出一沓纸,是前些日子写就的《上泽潞刘司徒书》。诵读一遍,亦感无可改之处。神乏体累,便早早歇息。

潞州的天比京师亮得早。听得街面上已经车来人往,嘈杂声四起。杜牧担心睡得太死,错过时辰,赶忙梳洗收拾,换上衣衫。内里是无领圆口绸长衣,把写给刘悟的书与通关文牒置于袖中。腰扎一条革制的蹀躞带。带上饰有玉版,玉版嵌有螺钿花卉。上面的五个铐环,分别挂上了香炉、笔、墨、刀、火燧。天气依然寒凉,又在外边套了一件反领大氅。整个人就显得精神起来。

昭义军治所在潞州城北的高岗上,坐北朝南,居高临下,是全城的制高点。由此可俯瞰各处。各种建筑、街道与行人一览无余。据说隋时已在此建潞安府衙。唐中宗时,当时的临淄王、卫尉少卿李隆基被任命为潞州别驾,移驻于此。虽说有点失宠的意味,但少年李隆基并未消沉。他英姿勃发,胸怀壮志,在这里广交有识之士,善待百姓民众,多有德政。为勉励自己,还在驻地建"德风亭",寓意"君子德风",常与名士贤人在此诵诗作文,探讨学问。又建"看花楼",赏花吟竹,养君子之气。这一段时光对李隆基而言十分重要,锤炼了他的人格志气,了解了社会民情,为日后担当大任奠定了基础。登基之后,他曾多次巡幸潞州,改旧邸为"飞龙宫",在此增修圣瑞阁、望云轩,使这所衙署巍巍然挺拔独立于高岗之上,一派庄严之气。

很远就看到了昭仪军治所的门阙,果然威仪不凡。杜牧被卫士拦住,问他是谁,所来为何?并告诉他节度使大人不见。杜牧说从京师长安而来,一路风尘,走了二三十天,就是为了与节度使司徒大人说非常要紧的事。说着便取出《上泽潞刘司徒书》,请卫士呈刘将军,自己在门外等候。不知过了多少时辰,卫士出来说有请,便带杜牧进了镇所署衙。走过长长的廊道,又穿过几进院落,来到一个庭院之中。卫士让其在一间屋中等候。四周极静,只有几只鸟在树上叽叽喳喳。

在侍女的搀扶下,一位老者走了进来。他头发、胡须皆白,面容憔悴,步履迟缓,气息粗重。"是牧之兄吗?老朽……"说着便咳嗽起来。杜牧急忙起身,躬腰拱手:"节度使大人,前辈安好……"话还未完,老者又说:"果然,玉树临风,玉树,临风……"说着坐在桌旁,以手示意杜牧落座。忽然之间,杜牧感到自己太唐突了,打扰了刘悟。不曾想到他的身体竟然有恙如此,便连说:"晚辈不敬、不敬,真正是叨扰了。"刘悟喘了一会儿气,神态渐安,气息渐稳:"远道而来,不易,不易。嗯,当年令祖父对老夫不薄,不薄啊!真正是名门之后,名相之后!满族才俊,大唐栋梁,后生可畏啊!"杜牧赶忙起身说:"晚辈正为大唐之业而来,还望前辈容我述说一二……"话还未完,刘悟道:"所书已然拜读过了,真正是才华横溢啊,才华,横溢。""客气了,客气了。"杜牧赶忙说:"前辈,节度使大人!今日国之轻重,仅望于几人,将军岂能让焉!将军一心尽忠,德于国家甚大!上党兵足甲精,不三四日可决魏于漳水,不五六日可合赵于山东,不二十日可遇燕于易水,天下之人无如将军者!"刘悟听着渐有喜色,忽又沉下来。"啊,少年英姿,大唐有幸,大唐,有幸啊!"说着又咳嗽起来。咳过一阵,神态稍缓,告诉侍从要多备些果食盘缠,让刘公子陪好客人。一边说着,一边起身,向杜牧告别:"惭愧,惭愧啊。老身先失陪了,失陪了啊。多住些时日,多住些……"

说着在众人搀扶下走出门外。

忽然就掉在半空之中,不知就里。看着刘悟蹒跚而去的背影,杜牧实在不清楚他是否答应了自己。按理说,将军当从皇室之命,前去平乱。但看刘悟如此,定然经不起旅途劳顿,沙场征战。至于是否要割据,亦很难说清。似乎刘悟也是一个重旧情、明大理的人。不然大可不必带病接见自己,且口口声声说大唐如何。他应该不会抗命不遵,割据一方吧?但却又回避出兵,不肯向前。这刘悟到底意欲何为?向来心高气盛、自命不凡的杜牧,一下子呆住了,脑袋里一片空白。

就有人进来,请杜牧随他而行。过了两串院子,来到一座楼上,见有人正在案前沉思。拱手过后,杜牧自我介绍说:"京兆万年人杜牧,杜牧之。"那人也回曰:"久仰,久仰!贤兄文风凌厉,如铜丸走坂,骏马注坡,名传天下。在下乃刘从谏,在昭义军做事。"他一边客气,一边拱手:"家父有恙,不能劳累,正好咱们一起畅饮几杯可好?"便命人取酒,端来一些果葡菜蔬。刘从谏又说:"上党之地,谷黍丰茂,可酿好酒。此地潞酒甚好,饮一杯否?"说着就倒了两杯,举杯邀饮。杜牧一杯下去,感觉比乾和要厉害得多。但也有淡淡的清香在口中回荡。因入口过猛,双颊立刻泛红，心跳不已，自觉难胜此酒。刘从谏关切地问："此酒还好？我等再饮。"说着就要续酒。杜牧以手掩杯，慌忙推辞："不胜酒力，不胜酒力。"刘从谏便说："如此，乾和可否？"说着就换酒，把乾和倒入杯中，一饮而尽。杜牧也端起酒杯，缓缓而饮。一股暖意从腹中升起，顿觉通体舒泰。

刘从谏说："此地山高沟深，气候偏寒，人们更喜烈酒。将士征战，风餐露宿，常以酒驱寒。故所酿之酒性烈。吾等再来几杯乾和。"说着又续酒，边饮边说："乾和乃酒中贵族，人中龙凤。烈而不激，甘而不腻，可慢品，亦可痛饮，深得中和之道。"杜牧也频频点头，说："白酒之中，乾和最为上品，乃酒中至尊。"刘从谏问道："敢问贤兄贵庚？"杜牧回曰："贞元十九年生人，虚度二十有二，家中排行十三。"刘从谏忽然兴奋起来，说："贤兄与在下同庚，真千年难遇之缘分。"说着便一饮而尽。杜牧说："现今已是宝历元年。时光轮转，但愿新年开新气，大唐有新象。"刘从谏回道："大唐幸有令祖这般贤杰之士，才可名威四海，雄踞天下。令祖为相贤德，乃大唐之肱股。杜氏一族，代有才俊。而我刘氏，虽一心报国，征伐东西，然老父身染疾患，后继无人。不可相提并论，不可相提并论也。"说着便饮尽杯中之

牧童遥指杏花村·杜学文

酒，曰："如今刘某只能饮酒度日，唯盼父恙早愈，再披铠甲，为大唐尽忠。"

杜牧说："为弟正为此事而来。节度使乃大唐柱石，可发兵平息幽州之乱，镇压云州之变，威胁徐淮之异象。由此，大唐基业可固，刘氏英名早传，吾辈之心志可得。"刘从谏问道："敢问贤兄可已取得功名？"杜牧答曰："并无任何功名，弟乃布衣也。"又问："此行可有人所托？"杜牧答道："并未有谁相托，是我等自愿之事。"刘从谏说："如此，竟是无位而谋，一心事国了！贤兄果然非凡之人。心系家国，志气高举。请再受弟一杯。"说着又一饮而尽："如今似兄等之人不多也，钦佩，钦佩！"刘从谏又倒满酒："举杯邀饮，再敬吾兄！此处有葡萄胡酒，愿兄品尝。"

说着命人取葡萄酒，倒满酒杯。又有一高鼻深目之绝色女子手抱琵琶，款款而入。她头梳高髻，在发髻中心别联珠纹双翼凤鸟花钿，插金丝长钗。发髻的左边别金步摇，右边插玉兰花蔓。一领低胸绸衣，飘飘摇摇，如风轻拂。颈饰瑟瑟，腰束玉带，一袭帛巾从项后垂下，缠绕两臂。刘从谏说："请贤兄听一曲玄宗帝亲作之《春光好》。人言此曲乃当年的潞州别驾在此地喜春光清明而作。"言罢，女子以指拨弦，以手抚琴。其声欢快明媚，音色灿烂，一片阳春之景象。

曲罢，刘从谏又问："可愿观赏《胡旋舞》？"女子便拨琴，声急音高，且愈急愈高。就有舞女在毡毯上开始旋转。双手高举，长袖飞舞，裙裾飞扬，由低而高，由慢而快。不见身姿回旋，但见裙摆如风。"回雪飘飘转蓬舞，左旋右转不知疲，千匝万周无已时。"这正是白居易《胡旋女》所写之境。眼花缭乱时，琴声突然止歇，舞蹈之女子定立于毡毯之中，鞠躬退下。"不成敬意，不成敬意！贤兄请饮酒，饮酒。"刘从谏说着又斟满酒杯。"且歌弦云曲，衔酒舞熏风"——杜牧吟诵着："此乃陈伯玉先贤之《登泽州城北楼宴》诗。伯玉先辈还说，'坐见秦兵垒，遥闻赵将雄'。兄乃今日大唐之赵将，脊梁也。不可错失时机，错失……时机，'勿使青矜子，嗟尔……白头翁……'。"说着竟鼾睡过去。刘从谏让人将杜牧扶到客舍去。

三、杏花村·并汾古道

杜牧牵着驿驴，高高低低，沿山而行。头还是有些发蒙，脚也沉得很。昨天真是喝多了，竟然不知不觉地昏睡过去。天色微

牧童遥指杏花村·杜学文

明,一缕阳光照在脸上,暖得厉害。睁开眼看,竟不知身在何处。旁边的桌子上放着一些果蔬,还有一壶茶。爬起来,喝了几口,舒畅得很,就走出院子,昨天的事慢慢回想起来。真是年少不谙世间事。这一趟不知干了些什么。刘氏父子到底也没说是否要出兵平乱。院子里静悄悄的,不见人影。出了院门,是一条过道。沿过道走去,竟然来到了大街上。人们来来往往,也算热闹。问了好几回,才到了昨天的客栈。

小二小心翼翼地问:"客官要点什么?"杜牧也不答,只说帮他喂喂驿驴。小二说已然喂过了。说着便端来一壶茶。"上好的苦荞,清热通气,客官慢用。"说着便退了出去。杜牧又倒头沉睡,直至正午。一觉醒来,觉得轻快多了。不知该如何是好。是回去见刘从谏,还是不回去。回去当如何?不回去又该如何?刘悟看来已难率军出征,但又有谁可替他而行?不知道。看他们父子滴水不漏的样子,恐亦无有大乱。但总觉摸不透刘氏父子的内心。心绪烦郁,万事不宁。不如就此而别,往西河祭祖。就收拾行装,准备离开。

忽然小二陪一精干后生进来,说:"我家公子有话。如先生有意,请方便时到校场打马球。如若不便,他已为先生备了一辆马车，银两若干，还有潞酒、潞墨、潞绸等一并奉上，请先生笑纳。"杜牧十分讶异，不知道他们是如何找到自己的。这么多东西如何带走？且驿驴如何处置，马车如何驾驭，车马如何安顿，凡此种种多有不便，连说："不必、不必，多谢刘公子关照。"后生说："公子之意甚是恳切，不必推辞。先生文笔纵横，意气飞扬。本地所产之潞墨，是当年明皇玄宗帝亲研而成。李白亦有诗曰：'上党碧松烟，夷陵丹砂朱。兰麝凝珍墨，精光乃堪掇。'千金易得，一墨难求。此墨可助先生作华彩文章，抒家国情怀。本地之潞绸，手感厚实，结实耐用，有'衣天下'之誉，可为先生遮挡旅途风寒，亦可助先生完结'衣天下'之宏愿。还望先生笑纳一二，在下才可回去领赏。"杜牧知有潞酒、潞墨，就留下。其他请后生送回。店家帮着整理行囊。杜牧谢过，引驴而行，却走得有些茫然。潞州城丢在了身后，隐没在天幕之中。

潞州虽处上党盆地，多有平川。但要出潞州，还需翻过太行山。太行、太岳连绵不绝，山势纵横，峰险岭奇。天高云低，旷野无人。一行大雁往北而行，渐飞渐远。草枯山瑟，河水仍冰。只有一人一驴在山间盘旋环绕，或东或西，向北而去。偶有一哨骑兵策马而过，瞬间消失在山隘之外。马蹄声碎，渐至于无。大

牧童遥指杏花村·杜学文

地又安静下来,阒然无声,静得令人恐惧。杜牧忽然怀疑起来,自己是否还在人间?人间是否依然存在?这默不作声的大山,真的需要自己这样的人往来吗?即使没有自己的行走,大山依然还是大山,并不会有丝毫改变,或者惆怅、失落。大山是永恒的,有大山的信念。而自己,则是可有可无的。至少对大山来说是这样的。那些心高气盛、绝世华章,那些自以为是、经略自负,那些斗酒诗百篇……对大山来说,都是没有意义的。但他还在,还在这坎坷崎岖的山路上奔走。又是为何呢?也许,山与人本来就存在于两个不同的世界。只是由于偶然的因缘耦合在一起。人成了山的一部分,而山,又证明了人的存在。

  天色渐晚,雪竟然纷纷扬扬地飘洒而下。这雪,下得并不那么急切,却又那么张扬。大片的雪花在空中飞舞飘翻,或上或下,似乎恋恋不舍地终于落下。应该是今年的最后一场雪吧?杜牧有些理解不了。三月还有如此之雪,什么时候才会有雨呢?大地何时才能解冻?这路上什么时候才会有人来往?夜色中,天似乎更冷了,有些冬天的感觉。遇到一个还算繁华的镇子,便引驴而入,寻客栈歇息。店家送来热水,问:"要点什么?小店有上党驴肉、甩饼,甚好。"说着便端来请用。杜牧取出刘从谏送的酒,痛饮一口,立即浑身泛热,暖和了许多,感觉并非如那天一样性烈。此酒甚好!又拿出潞墨,想试试如何,却掉出一袋银子,正是刘从谏所赠。杜牧有些不知所措。"银子,吾等虽少银,更待赴沙场。"想送还,却已离开潞州。权且留着,待日后再说。杜牧越发不知该如何看待刘氏父子。他们既亲近又疏远,既清晰又模糊,既如旧友,又似新识,不知所以。遂握笔写道:"行役我方倦,苦吟谁复闻。戍楼春带雪,边角暮吹云。极目无人迹,回头送雁群。如何遣公子?高卧醉醺醺。"

又行数日,忽见远处城楼联叠,飞阁入云,乃大唐之北都晋阳。李白游晋阳时曾有诗。其序曰:"天王三京,北都其一。"北都,晋阳也,历来为兵家必争之地。这座晋阳城,承序于古唐,初建于春秋,辉煌于大唐。其西城、中城、东城三城相连,汾水从中城横穿而过,晋水入西城过中城至东城而成晋渠。西城,最早乃春秋时之晋阳城,后扩建为大明城。隋时在其旁建晋阳宫,为新城。后又在其侧建仓城。晋阳城、新城、仓城成品字形鼎立。唐时在三城之外建城墙,为府城,并州府即在此城中。因在汾水之西,亦称西城。后又在汾水之东建城,移晋阳县衙于此,为东城。武则天时,跨汾水连接东西二城建中城,终于成为一座三城相连、城中有城,一水居中、二水贯通,形制奇绝、水陆兼用的中原都市。

遥想当年,李渊、李世民父子起兵反隋,建立了大唐王朝,开一代盛世。经安史之乱,大唐依然雄踞于世。虽藩镇割据,却也陆续平复。如刘悟等能顺时而动,即可固北方,稳江南,大唐之幸也。杜牧站在仓城中的受瑞坛前,思绪万千。据说当初起兵之时,曾在此发现一块瑞石,上书"李理万吉"。大唐之兴,恐为天意。至乾阳门街,有当时高祖李渊领军誓师的号令堂。旧堂虽在,人已早逝。那些意气风发、胸怀天下的先祖们可曾知悉,今日的后人们在做些什么。吾辈之先祖,承文继武,经仁纬义,乃历代之背脊,正由此承续国家一统之大业,欲求长治久安,千秋万代。不知不觉间,泪水便涌了出来。

但情势似乎不甚乐观。晋阳城中,多了些官兵,在各个要紧之处盘桓。街上的行人也不多,全不似京师、东都般热闹。时不时有军士在大街上列队而行,脚步杂沓。亦有人行色匆匆,不知有何要事。一些装满辎重的车进进出出。一会儿从城门中进来,一会儿又从城门中出去。间或,有胡笳声传来,也不知是在练兵,或者干什么。"何处吹笳薄暮天,塞垣高鸟没狼烟。游人一听头堪白,苏武争禁十九年。"逗留数日,游历各处,仿佛与先祖们神遇。杜牧觉得一直留滞于此也无趣味。况时节已近清明,需尽快赶往西河。

从晋阳至西河汾州,一马平川。这并汾古道虽古老,却甚好走。那驿驴也撒开蹄子乱跑,到处寻找刚刚露出头来的嫩草充饥。路边的地已经松开了,不再冻成坚硬的坂块,有了春的意味。有农人在地里耕作,不知他们种的是什么谷物,收成还好。鸟儿们飞来飞去,叽叽喳喳。那些树,也长出了淡淡的绿叶,很快就会变得又厚又实,墨绿墨绿。确实,此乃真正的春天,天气终于是转暖了!但杜牧心中却寒意渐起,层层叠叠。为何北都晋阳让人不安?不知这些天时局有何变化?是不是北边发生了战乱?想着就欲寻人一聊,看能否打探些消息。

不远处有一座茶棚,为过往行人供些茶水果酒,歇息片刻。门头上竟然写着"汾州古道"四字。墨色虽斑驳,然笔力遒劲。杜牧就牵驴而往,置酒于桌上,要了茶与点心,请人共饮。有人就问他从何地而来,为何所饮竟是潞酒。说此酒过烈,这里的人们只用乾和的。便请店家上乾和,与一众客人边饮边聊,说农家收成、邻里趣事。问众人可知局势。一老者却说:"客官从北都而来,竟问我等村野之人,怎能说清?"又问可有往来客人略说一二。有说世道不宁,有说收成不错,有说天气还好,应该风调雨顺。答非所问,不知就里。就问:"可知多年前的西河太守大人,杜姓,名希望者?"众人皆茫然,你看我,我看你,不知所云。再问:"曾在西域征战多年,平定叛乱,后从恒州而来者?"众人仍茫然四顾,不知是谁。少顷,那老者却反问:"可是杜姓太守?"杜牧答:"正是,名希望,京兆万年人士。"老者说:"是不是京兆万年人不知道哦。记得家父曾说,有一位太守,正是杜姓,曾在西域立功无数,从恒州而来。当年曾引峪道河水灌田,治盐碱白地,受民敬爱。"杜牧又问他的坟茔在何处。老者思索片刻,摇头说:"怪老身年高多忘,不知道哦。"看看众人,亦多无言,确是不知了。杜牧忽然心中愧疚。曾祖离世以来,家人东西漂泊,竟少有来西河祭奠,以至于不知先祖坟茔在何处,更不知有无同族在此地生活。行前也未曾向族中长者询问。不过想来也不会问出什么结果。曾名震一方、造福百姓的太守就这样被他的家人与时光忽略了。思想至此,端起酒就豪饮一口,起身引驴走起。

脸颊火辣辣地,有些疼。腹中上下翻涌。脚也不听摆布,东倒西歪。好像不是杜牧牵引着驿驴前行，更好似驿驴拽着他走。"北都，大唐的龙兴之地！刘悟，你到底会不会出兵？昭义军若至此，大唐即可安定！快点啊！西河太守，是谁？杜希望，是谁？为什么众人皆不知就里？那个在沙场驰骋的杜希望，那个吓坏了叛军的杜希望！我七尺男儿，却手无缚鸡之力，身无擒贼之勇，徒有虚名，而无实功，如何面对曾祖那……十步杀一人，千里不留行……"

丝丝细雨落在脸上，滋润得很。一阵微风吹过，杜牧从昏睡中醒了过来。不知什么时候，躺在了一株老树之下。雨从半空中滴到树上，又落到脸上、身上。驿驴在一旁静静地看着他，仿佛怕打扰了他的沉睡。一个胖墩墩的男孩也蹲在树下，拿着一个葫芦。见他睁开眼，便凑过来说："醒了？喝些水。"说着把水葫芦递给他。猛饮几口，清醒了很多。腹中火辣辣的感觉立刻消散了。"你是谁？"杜牧问道："为何在此？"男孩说："给你看驴呀。"杜牧笑了："小小年纪，还会看驴？"那男孩说："我还会放牛呢！"顺着男孩的手势看去，旁边正有一头牛在专注地吃草。"这可是你的牛？""可不吗。"杜牧又说："如此是牧童了？"男孩却说:"什么牧童?我就是放牛而已。""你家在哪里啊?""不远啊,就在前面山下。""那是什么山?""子夏山啊。""子夏山?""是啊,你不知道子夏?""是……先圣孔夫子弟子卜子夏?""当然啦,他在此山讲学,就叫子夏山喽。""噢——,你竟也知道子夏?""我们这里都知道啊,他像你一样了,极好饮酒。"杜牧又问:"那,此地可有酒家?"牧童答曰:"当然有啊!你看那里——,杏花村。"

杏花村?稍远处,大片大片的杏花正盛开着,如雪一般染白了天空,又透出点点的红蕊。绿树红蕊白如雪,细雨微风拂面来。

清明时节雨纷纷,

路上行人欲断魂。

借问酒家何处有?

牧童遥指杏花村。

牧童说:"你竟会吟诗呢!"

牧童骑着牛,挥着杏枝走在前面。杜牧牵着驴,跟着男孩悠然前行,渐渐地没入了杏花丛中。一阵一阵的清香纷涌而至,扑面而来，又毫无顾忌地四散而去。这香，似在肺腑中流淌，又似在每一个毛孔中散发。不知是杏花的，还是酒的。

  2023年10月8日 0：46　初稿于晋阳

  2023年10月11日 17：56　改于并

  2023年10月23日 23：46　改于并

  2023年10月26日 16：50　改于并

  2023年10月29日 13：56　改于并

  2023年10月30日 0：20　再改于并

  2023年10月30日 12：46　改于并

风中的线（节选）

题记

线，
宇宙展开的起点，
艺术表达的神韵。
简洁而丰富，
抽象又具体。
既创造表象的世界，
更直抵深邃的灵魂。

金原省吾很有名，是日本的美术史学泰斗。一度专门研修南画，后来又研究美术史，有很多著作，其中有一本叫《唐宋之绘

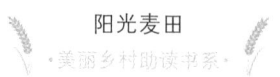

画》。傅抱石认为此书是研究唐宋代表作家之基因及发生，有独特的价值。后来此书由傅抱石翻译成汉语出版。金原省吾在这本书中反复指出，在中国，线十分发达。"绘画上亦当以线为中心而作画面"；"中国画之中心性质，非色而为线。因线而支持之形体，即中国画之形体"。他对中国传统绘画的研究，可谓一语中的。

吴带当风

一、使明船上的雪舟等杨

据地质学家考察研究，黄河最早是穿过朝鲜半岛在今天的日本海入海的。而日本的绳纹时代，是由于人们发现了日本陶器上面刻画着"绳纹"图案命名的。这种绳纹应该来自今天的亚洲大陆，主要是中国。比如，我们在红山文化的陶器中也发现了许多几何纹、绳纹，这可以说明它们之间有着文化上的密切联系。沧海桑田，时移世易，曾经的陆地变成了大海。多少年前连接中国、朝鲜、日本的渤海湾陆地终于变成了亚洲的内海。黄河也不断改道，由此进入大海，成为西太平洋的重要部分。

牧童遥指杏花村·杜学文

从现在的日本走海路抵达中国，有南北路之分。路途最安全的是北路，从现在的大阪一带出发，沿朝鲜半岛西岸进入渤海，至山东半岛登陆，可以比较近地到达长安或者北京。虽然用时颇多，但安全方便。而路途最短的是南路，从日本的博多出发，如果顺风的话，只需要几天就可以到达长江口或杭州湾一带。但是南路却比较危险。在日本遣唐使的航行记载中，所有发生的事故都在南路。最具戏剧效应的应该是著名的阿倍仲麻吕。他的中国名字叫晁衡。717年，十九岁的阿倍仲麻吕作为遣唐留学生来到中国，正是唐玄宗在位的开元五年，唐朝正处于"开元盛世"的辉煌时代。从那时开始，晁衡在唐求学为官，由一个经局校书步步高升，成为唐王室的左补阙。经过了三十六年之久的时光，753年，阿倍仲麻吕终于踏上了回国的旅程，走的就是南路。在琉球群岛附近，突然狂风大作，船没有被吹到日本，却出人意料地反向而行，到了现在的越南。据说同行者近二百人，只有十人侥幸存活，其中就包括阿倍仲麻吕。之后，他历经坎坷，饱尝艰辛，经过了两年之久的跋涉才回到长安，再一次成为晁衡。晁衡依旧受到唐王室的重用，升任左散骑常侍，又任镇南都护，后来还兼任了安南节度使，去治理他曾经落难的地方。在七十三岁的时候，阿倍仲麻吕在长安告别了人世，成为永远的晁衡。

宋元至明清，虽然日本不再以政府的名义派遣使者来华，但在民间仍然有很多的航船来往。到了明代，更是出现了制度性的勘合贸易。大量的僧侣、商人、学者、艺术家乘商船来到中国。雪舟等杨就是其中的一位。他乘坐的是大内氏的使明船。大内氏在日本颇有实力，是封建领主，相当于人们常说的诸侯。他与另一位实力雄厚的大名细川氏争夺勘合贸易的主导权，最终占据上风。往来中国与日本的勘合船上装满了大内氏控制的商品，而雪舟等杨也在其中。

从日本出发进入东海，放眼望去，海水似乎是凝固的，无边无际，水天相接。但是，雪舟等杨一行的船并不平静。海浪翻卷，海风放肆。船在大海中忽然涌上浪头，冲向天际，忽而又跌入水中，要沉入海底。太阳极高极远。但阳光并不因此而微弱，好像从万里之外直直地射在人的身上，脸热辣辣地痛。尽管日本是一个沿海国家，雪舟等杨对海并不陌生，却对这样的海充满惊奇。大海之内是断裂而不连续的岛。岛上有高山，高山之内才是狭小的河川谷地,生长着一片一片的庄稼。这就是他的家乡——日本。在辽阔的大海之中,雪舟等杨的心忽然放开了,似乎来到了一个前所未有的世界。幸运的是,他们很快就抵达了杭州湾,在宁波登陆。

宁波,一个东方极具繁华的沿海城市。在宋代,这里是四大港口城市之一。而至明时,它的繁华仍不输当年。港口上帆樯如林,大大小小的船只进进出出,或回港或出海,往来匆匆。城里各种寺庙星罗棋布,街巷纵横交错。人们的忙碌声、商贩的叫卖声、寺庙内的钟磬声、歌楼舞榭的丝竹吟唱声汇成一部众声嘈杂的乐章。城南有日、月湖,二湖相连似环。茂密的柳树、桃树把湖围了起来。这个大海之侧的城中之湖,在一派繁华中显得十分宁静。宁波,像磁铁一样的东方城市,不仅临海,而且靠山;不仅有繁华的商业贸易,还有汇聚世界各地的文化典籍;在这里不仅生活着祖祖辈辈靠海捕鱼、靠山种地的人们,也往来着世界各地语言不同、信仰各异、衣着各色的藩客。不久,雪舟等杨就上了四明山。

"四明三千里,朝起赤城霞。"李白的这句诗是对四明山最生动准确的描绘。距宁波城四五十里的四明山,林木茂密,花草芳香,巨石危崖常现于苍松翠柏之中。深秋季节,可以看到漫山遍野的红枫、银杏。这里晨可观日出,夕能眺晚霞;阴时看云海,晴时赏月光;夏有时雨至,冬有雪雾生。依山而建的天童寺,是佛教东渡的基地。有很多的僧人由此东行往日本传法。也有很多日本僧人远渡重洋来此求学。雪舟等杨登陆之后,就在这里修业作画。他苦心修学佛理,研究中国绘画。后来又一路北上,跨过长江,渡过黄河,先后到过今天的山东、河南等地,终于来到北京。

  大明京师,真是一处辉煌的所在。它的整体设计者当然是明成祖朱棣。此外主持修建的还有工部尚书吴中、工部侍郎蒯祥。雪舟等杨不知道世界上还有哪里比北京这个城市更繁华,更具魅力——红墙绿瓦,巍峨宫殿,山水相依,矗立在永定河畔、燕山臂弯。他爬上人工堆积起来的万岁山,极目远眺,一座座庄严的建筑次第而立,在坦荡如砥的华北平原画出了一条直线。万岁山的北面,是寿皇殿。寿皇殿往北,过西面的什刹海与东面的居住区就是钟鼓楼。从万岁山往南,依次是紫禁城的北门玄武门(今神武门)、坤宁宫、乾清宫，以及被称为谨身殿、华盖殿、奉天殿（今保和殿、中和殿、太和殿）的三大殿。再往南，是奉天门，然后就是午门。午门外的广场再往南是大明门、正阳门（前门）。城外连绵的田野连接着远处高高耸起的太行山脉。河水穿城而过，流向大海。它的水一定也流到了自己的家乡。雪舟等杨不由得感慨：真是一幅好画！这就是北京的中轴线——中，是可以通天的地方；轴，是力量的核心所在；线，是连接四方的通道。

虽然我们难以确认雪舟等杨具体游历过哪些名山大川，到过哪些城市集镇，但中国广阔的幅员、多样的地貌，对他影响深刻。在这翻山越水、遍寻画师的过程中，雪舟等杨对画的体认逐渐深入。他非常喜欢当时人们推崇的画家张有声、李在，以及西域画家高克恭等。他说张有声之用色、李在之用墨"为吾之楷模"。传说雪舟等杨在北京期间曾为礼部中堂作画，受到当时的礼部尚书姚夔的褒扬，说外番入贡者，凡三十余国，未见公绘事之妙。心高气傲的姚夔要求科举应试的名士要"倍勤于业，略疏则难及矣"。似乎，雪舟等杨成了一个标杆。

遍览中国山川秀色，体味中国绘画真谛，使雪舟等杨的画表现出中国画的优雅之风与日本水墨的明朗之色。结构密中见疏，线条流畅随意又简洁准确，刚如铁线盘丝，动如行云流水。他认为，中国画家以自然为师。"大唐国里，画师画业别无他道，然泰、华、衡、恒之山，江河淮济之水，草木禽兽之珍，人物风俗之仪，乃大唐国之画源大成。"这里的"大唐国"，并不一定指的是唐代，而更可能是对中国的尊称。但我们还是由此看到雪舟等杨对中国绘画艺术的体认是非常准确的。

画的核心是处理好"我"，也就是画家自己与"象"，也就是画所表现的物象之间的关系。中国画强调的是艺术由心而生，所谓"像由心生"。也就是说，是在艺术家有了对外在自然的内心感受之后才画出来的。它重视的是艺术家主观世界的情感、心绪，而不是物象的真实形态。即使表现出来的物象与客观存在的物象之间有差别也不重要，重要的是要表现出人的感受与体悟，即精神世界。所以古人说"画意不画形"。这与西方绘画的理念是不同的。意并不是具体的、实在的，它无形无样。但要把意表现出来，必须借助于形。可是，这形并不是目的，而是手段。精神世界并不是凭空存在的，而是人主体对于物客体，即客观世界的内在反应。这种反应体现了主体与客体，也就是人与自然之间的一种关系，其本质是道，就是宇宙自然存在的法则，以及这种法则与人的关系。所以画要穷天地之不至，显日月之不照。挥纤毫之笔，则万类由心；展方寸之地，而千里在掌。应该说，雪舟等杨在大唐国的游历研学，使他探寻到了中国画的真谛。

二、吴带当风

虽然大唐国并不一定说的就是唐代，但无疑中国画在唐时发生了重要变化。那时，中国画进入了成熟期与兴盛期，出现了许多极为重要的画家，对后世绘画产生了深刻影响。其题材也从宗教、神话、贵族豪门向日常生活、社会平民转移，描绘自然风光的画也逐渐显现出独立的品格，山水花鸟渐成一体。在表现手法上，汲取外来艺术之精华丰富拓展自身，而传统的线之表现力也得到了升华。

中国传统绘画是线的艺术。远古之岩画就已是线的表达。仰韶彩陶中的图案，虽然有用色形成的面，但线是最重要的。著名的"西阴之花"就是用线勾勒出的花卉图案。良渚遗址中玉器上的线刻图案是中华先民的文化标识。商周青铜器上的刻纹自然以线为主。至战国时期的楚墓帛画也是以线勾勒出了先人想象中的神话世界及其宇宙观。汉代的石刻画像仍然是质朴、厚重的线。就中国艺术而言，对线有着极为深刻的体认。所谓"无线者，非画也"。后人梳理线的形态有著名的"十八法"之说，如高古游丝描、琴弦描、铁线描、柳叶描、枯柴描、行云流水描等。不同的线描之法表现出不同的意象。由线又延伸出皴的手法，如斧劈皴、雨点皴、披麻皴等，都是以线来表现面的技法。

唐时最著名的画家是吴道子，被人称为"画圣"。其突出的特点就是对线的表达。吴道子，又名道玄。少时家境贫寒，孤而无依。他曾以张旭、贺知章为师学习书法。这两位都是擅长草书的书法大家。吴道子当然向他们学习了许多书法的精妙之处。不过，最重要的应该是线所具有的神韵与表现力，以及草书在书写时的力度与速度。他还观赏过公孙大娘舞剑，从剑法中体悟书道之妙。但吴道子是一个自视甚高的人，也是一个才气过人的人。他不满足于仅仅做一个书法家，或者是不是他已认为自己的书法很好了，需要学习新的技艺也未可知。总之,他开始学习绘画。

有论者认为,画画是吴道子的"天授之性",是其心性之必然。还未成人,吴道子已"穷丹青之妙",名声远扬。当时的大唐皇帝正是著名的唐玄宗李隆基。他励精图治,开疆拓土,创造了"开元盛世",是唐时在位最长的皇帝。而吴道子正生活在这盛世之中。幸运的是,他还遇到了唐玄宗——一个热爱艺术的艺术家。

据说唐玄宗首开书院之风,设立丽正书院,专供藏书、校书。唐玄宗的书法非常好,结构精谨,笔法纵横,神气逼人,尤善章草。他的诗词之作也可称道。最重要的是他喜爱歌舞,在梨园设了专门的艺术学校,培养歌舞表演人才。他是一个卓有成效的作曲家,有许多传世之作流行,如《小破阵乐》《春光好》《秋风高》等,还制定了《色俱腾》《乞婆娑》《曜日光》等九十二首羯鼓曲名。他也是一个非常优秀的演奏家,能够演奏琵琶、羯鼓、二胡、笛子等乐器。唐玄宗还是一个不凡的舞蹈编导,与杨贵妃合作创作的《霓裳羽衣舞》,成为中华舞蹈艺术的经典。而且,他还是一个喜爱绘画的人。虽然我们不知道他有什么画作,但他欣赏吴道子这样才高艺绝的人,常常把他们带在身边,这也是非常不易的。

据说吴道子作画不取定规，信手而作。笔不周而意周，以线成画体。其线，巨壮诡怪，肤脉连结。其笔力飞动，笔势圆转，运笔如旋风，以至衣服飘举。吴道子的画特别注重线的速度与笔的力度。其线不仅生动地表现出物象的形态，还营造了非凡的意境。更重要的是，他所绘之线是飘动的、有生命的，所以有"吴带当风"之誉。

吴道子，善画者众。凡佛道人物、花鸟山水、草木楼阁都非常精通，尤其是寺庙壁画十分擅长。据说长安、洛阳两京，吴道子所画有三百余幅。其间的人物奇踪异状，无有同者。日本京都东福寺有一幅壁画《释迦三尊像》，传说是吴道子所作。不知道这种说法是否真实。如果是这样的话，他应该也到过日本。《京洛寺塔记》中曾提到，吴道子在赵景公寺作白描画《地狱变相图》，笔力劲怒，变状阴怪。其恐怖阴森之意使许多屠夫、渔者废其所业。所谓"白描画"，就是只用线条来完成画作，不在画上着色铺彩。这是纯粹的线画，吴道子非常擅长。

很多研究者都提到了一件事，就是天宝年间唐玄宗巡幸东都洛阳，到了天宫寺。吴道子，也就是吴道玄，与裴旻、张旭随行在玄宗身边。这都是些了不起的人物。张旭自然不用说,曾教吴道子书艺,其书法影响极大,人称"张颠",与著名的怀素齐名。历史上有"颠张醉素"之说。而裴旻也不是一般的善战之将。他的剑术极为高超,有"剑圣"之誉。张旭的草书,裴旻的剑舞,再加上李白的诗被人称为"唐代三绝"。这三绝里并没有吴道子。但就绘画而言,吴道子的影响在唐时是最大的,至少是属于"之一"之列的。

天宝初期,是大唐最兴盛的时候。唐玄宗"开元盛世"的光芒仍然十分强劲。但这也是伟大的唐将要发生转折的时候。在繁华与兴盛的背后,隐藏着致命的危机。天宝十四年,安史之乱爆发,对唐的打击极为严重,此后再也没有恢复此前的盛况。不过,人们说的这件事,应该是在安史之乱之前。不然的话,唐玄宗也就没有心情去洛阳了。他将离开长安,向西流浪。

三绝中的两绝,再加上一个声名非凡的画家,汇聚在雄才大略的唐玄宗面前,应该是一个非常的时刻。所向披靡的将军裴旻,拿出一袋金子,还有许多绢帛丝绸,要送给吴道子,请他在天宫寺前壁上作画。而吴道子却不接受。他一边非常客气地把这些东西退还给将军,一边说:"我听闻裴将军的大名已经很久了。如果能够为我们舞剑一曲,就满足了我长久以来的心愿,是对我的恩惠。观赏将军的雄壮气概,可以帮助我挥毫作画。"二人表面上十分客气,内心却有一点较劲的意味。

但裴旻也是性情中人,就答应舞剑。自己整理衣冠,命人拿剑过来。就有人支起琴架,琴声缓缓而起。其声刚劲,余音圆浑。突然之间,弦急声切,如瓶乍裂,一柄剑飞向空中,画了一条椭圆形的弧线后稳稳地落在裴旻的手中。将军挥剑,左腿前躬,右腿侧蹬,石雕一般矗立。琴声顿绝,万籁俱寂,时间仿佛凝固。少顷,剑在将军手中上下翻飞,虎虎生风。地上的落叶随剑起舞,向剑指的方向不停旋转,形成一条连续不断的螺旋线。剑指之处,线随剑至。剑落之处,线收而聚。琴声又起,嘈嘈切切,音疾丝乱。剑在将军手中飞翻如花,寒光闪闪。突然,琴止剑驻,将军如树,似成收势。众人将要喝彩,那剑却从将军手中飞出,向前面的梨树平行旋转飞去。一众梨花纷纷落下,剑又旋转回将军手中。梨花飘飘,散落四处,众人肩头、衣襟落花点点,如画中之境。惊异之间,悠扬之琴声响起,其音弱而婉转,劲而从容,渐

牧童遥指杏花村·杜学文

高渐远，终于消失。一口气从众人的胸中呼出。

道玄身起，一边收挽衣袖，一边走向壁前几案。单脚点地，身轻如燕，落在案上，画笔已在手中。身还未稳，笔锋已至，当头就在壁中画了一条弧线。这线，从上而下，飘在半空。顿觉微风阵阵，拂面而至。回手又是一线，与先前所画几成平行状，顺势而动，如带飘摇，清风四起。继而又画，线如莼菜，画如风帆，在风的吹拂中前后飞动，呼呼而有声。道玄左手捧墨，右手挥毫；上下伸缩，左右移动；勾、点、拉、皴，一笔成线，两笔成像，三笔显意。山形渐现，水势渐成，花树葱葱，人形讶异。近处细密，远处疏朗，层叠次第，留白飞云，笔锋所至，意象顿生。画的右边，是飞檐翘角。有铜铃悬挂，其索右飘。其下是桃花粉嫩，梨花如雪，树枝摇曳。远处，一架华盖上描绘着莲花圣树。圣树的中间是莲花的花蕊，两边花瓣下垂。越是边缘，花瓣越是密集、重叠。华盖之下，端坐着天子。其身侧倾，其容微异，正为前方之景象所吸引。两边分列着神色不同的各类仪仗、随员。其衣纹，各有层次，向右飘动。画的左侧，高山耸立，峰插云霄，有绿树层层点染。半山腰中，一泓泉水如瀑，顺山势而下，隐入林中，又回还而出，流往远方。水流湍湍，水花四溅，落在一旁鼾睡的僧人身上。僧人左手执壶，酒水半溢；右手执扇，覆于胸前。水畔山根，亦是桃红柳绿，梨树覆雪。画之中部，一舞剑之士侧身躬腿，挺身如松。左手执剑鞘，横在胸前，右手向左挥舞，似抛出什么，又似在收回什么。顺势望去，但见左侧之梨花、桃花次第跌落，纷纷扬扬，撒在卧僧身上。所披之斗篷，随势而张，向右飘动，又向左收回。画之上部，日如火球，挂在头顶；云如飞絮，驻于半空，邈远而奇奥。驻留之赤日白云，与鼾睡之卧僧对角相应，使画面显现出凝固之色。流水之潺湲，剑士之仪态与人之衣纹、铃之飘索，皆有风拂之势，使画面呈现出强烈的动感。以无庙而现有庙，以无剑而显有剑，以静示动，以动示静，动静相宜，有无相生。只见道玄在剑士眼中一点，目光如炬，其神如剑，好一幅天子观剑图！

张旭奋身而至，提笔在留白处挥毫疾书：剑闪梨花落，笔动起风声。兴起饮洛水，醉卧听蛙鸣。笔锋所至，字落如舞。横如飘带，竖似披麻，勾若飞电。张弛有度，疏密有至。众人齐声喝彩"一日竟见三绝！"玄宗亦赞曰："皆极其妙！"

唐，正是中国古典艺术极具辉煌的时代。阎立德、阎立本兄弟，尉迟跋质那、尉迟乙僧父子，李思训、李昭道父子，王维、张萱、韩干、周昉、张璪、韩滉，哪一个不是意气风发，才高气盛之辈。佛道寺观壁画、石窟雕像、青绿山水、水墨山水，开流分派，众语喧哗，各美其美。不仅线的表现力得到了充分展示，墨的表现力也得到了新的发挥，对后世的影响极其深刻。以吴道子而言，所谓"吴带如风"，成为中国古典绘画的重要标识。据说他还是中国绘画史上第一位以画的形式塑造了钟馗形象的画家。其后改画或学画钟馗者代不绝人，以至葛饰北斋这样的日本画家，在数百年后以画钟馗像而产生重要影响。如果没有吴道子开先例，葛饰北斋会不会去画钟馗，还要打一个大大的问号。

三、犍陀罗

不过，唐代的辉煌也不是凭空而生的。有历代艺术家的不断探索新变，以及对中华之外艺术表现手法的吸纳、融合。如尉迟父子就是西域画家。据说是吐火罗人。但也有人认为是于阗人。吐火罗大约在今阿富汗北部，于阗大约为今新疆和田。还有人认为，所谓"尉迟"者，乃"以色列"之对音也。无论如何，尉迟父子不是中原人士。至于他们，以及家族的行状经历，似乎也缺少考证。我们知道的就是，在贞观年间，由于尉迟乙僧画得好，被于阗国王，当然也有人说是吐火罗国王推荐给了唐太宗。后人论述尉迟乙僧的画，说他师从自己的父亲尉迟跋质那，善于画佛教人物。但是父子俩都不善画中原人士。因为他们对中原人的生活、特点不熟悉。他们最重要的贡献是使用了晕染之法。尽管这种画法在中国古典绘画中已经出现，但主要是围绕线进行的，目的在于突出线的表现力。而尉迟父子使用的晕染是为了表现人像与物体的"凹凸感"。他们的画借助色的深浅，显现出光线与透视角度的不同，使物象具有了立体感。在唐时，大慈恩寺、光宅寺、兴唐寺、安国寺等都有尉迟乙僧的画。而其"晕染法"对后世的影响非常深刻。虽然中国古典绘画并不注重色的表现，强调的是线的运用，但诸如吴道子等画家都在画中使用了这一技法。

晕染之法并不是在尉迟乙僧时才传入中原。南北朝时的张僧繇已经使用了这种方法。但主要目的还是为了突出线。只是他对线的晕染已经显现出凹凸的效果。这种表现在唐初阎立本的画作

《历代帝王图》中也有体现。而尉迟父子，则使这种晕染扩展至整个物象，特别是在人物形态的描绘中。

与吴道子"吴带当风"之誉并列的是"曹衣出水"。所谓曹，是指西域画家曹仲达。不过曹仲达的生平经历人们不太清楚。他是中亚粟特曹国人，先人应该生活在撒马尔罕一带。至于是什么时候来到中原的，不得而知。他是否在中亚生活过，也没有一定的结论。但他活跃在东魏、北齐、隋时大致是可以肯定的。曹仲达擅长描绘佛教题材，绘画、雕塑都很好。时人认为"无竞于时"，没有人能与他相比。他的画，最显著的特点就是所绘人物之衣服紧窄贴身，如同刚从水中取出一般。虽然他当年画在寺庙中的壁画已经看不到了，但从隋唐以来的佛教雕像中仍然能够了解这种"出水"风格的特征。这些佛像的衣服紧紧地贴在人像之上，显露出人物的身体曲线。在这些佛衣之上，又勾画了许多体现这种"紧贴之感"的皱褶线。线使人物的体态生动起来了。有论者指出，后人的雕塑造像，亦本曹吴。就是说是以曹仲达与吴道子为师的。

这种薄衣贴体的手法据说最初来自贵霜帝国所据的马图拉等

地。之后又传入南印度，并向斯里兰卡及东南亚传播。这与中原的"褒衣博带"之风是完全不同的。如果仅就尉迟父子来看，晕染法的凹凸效果应该来自西域中亚一带。但也有人认为张僧繇的晕染法是源于天竺，即古印度。这种手法的传播与曹仲达之法的流传有相似之处。虽然没有证据，但也可以猜想，是不是可能由古希腊地区传入中亚，再传入古印度。其中也可能从这两个地区先后传入中原。虽然时间不同，地域不同，但其指向是一致的——这就是海纳百川、有容乃大的中原。

公元前4世纪，世界将要发生极为重大的改变。在希腊半岛，那些盘踞一方的"城堡"国家陷入各争其强的战争之中。被雅典等沿海国家视为落后野蛮的马其顿后来居上。公元前356年，著名的亚历山大出生。据说他的父亲为他请了一位家庭教师，就是更为著名的亚里士多德。这使亚历山大拥有了一个非常特殊的身份——古希腊文化的亲传者。在十六岁的时候，亚历山大就代替父亲治理马其顿，镇压起义。二十岁的时候，亚历山大继位，成为马其顿的新国王，并成为希腊同盟的统帅，开始向强大的波斯帝国开战复仇，给波斯以沉重的打击。之后，他又兵不血刃地夺取了埃及,率军进入两河流域。他以波斯国王自称,也自称是埃及法老的合法继承人,又进一步认为自己是亚细亚之王。再之后,他率联军进入粟特地区,并南征印度,到达印度河上游的旁遮普一带。亚历山大往往冲杀在最前线,以快速的进攻、多兵种联合作战的方式攻陷了众多地区。在大约十三年内,他建立了横跨欧、亚、非的庞大帝国。这就是历史上著名的亚历山大东征。

如果说亚历山大是一位具有战略眼光的历史人物的话,除军事外,至少还表现在文化方面。他强调不同地区不同文化的融合。一方面焚烧攻陷的城市,抢掠当地的财产;另一方面又任用原来的官员管理地方事务,礼遇宗教人士,尊重当地文化。亚历山大倡导希腊人与当地人通婚,迎娶了粟特人阿克雅提斯的女儿罗克珊娜。所到之处,亚历山大都要建立以自己名字命名的城市,并建立学术机构,吸纳大批学者。这无疑促进了不同地区文化的交流与融合,开启了所谓的"希腊化"时期。由此开始,希腊文化进入了一个"加速传播"的时代。

由于亚历山大东征产生的巨大影响,西方社会对亚历山大的想象和描绘进入一种半神话的状态。据说他皮肤白皙,脸色微红,但一眼漆黑如墨，一眼湛蓝如海。他酷爱荷马史诗，在音乐、马术、哲学、逻辑学、伦理学、政治学、几何学等方面都非常突出，几乎无所不能。还有著作描述他与中国皇帝见面的种种故事，想象力极为丰富，极具神话色彩。事实上，亚历山大止步于今乌兹别克斯坦的"铁门"，并未向东再进一步。唐玄奘在他的《大唐西域记》中对铁门有非常生动的记载，说铁门者，左右带山，山极峭峻。它的两侧是起伏绵延的高山。山体壁立高耸，其色暗黑如铁。中间是一条十余米宽的狭窄通道，大概有两公里之长，似乎是造物主用刀在大地上劈出来的。铁门也是当年丝绸之路上吐火罗国与粟特地区的分界线，是从中原通往中亚的咽喉要道。由此，可以从撒马尔罕南下至印度，西向至伊朗。一直至20世纪现代公路开通之前，铁门仍然是商队的必经之道。当年所向无敌的亚历山大站在铁门之前，注目良久，终于决定先南下攻伐天竺，也就是古印度。这使他失去了东向的机会，当然也没有可能进入中原。

公元前323年6月，正是夏时最炎热的季节。亚历山大突然身染疟疾而亡，只有三十三岁。关于他的死因，人们有很多讨论。也有人认为是殁于伤寒，还有人认为是中毒而亡，下毒的人就是他的妻子罗克珊娜与他的老师亚里士多德。无论如何，随着亚历山大的去世，东征的步伐终止了。亚历山大建立起来的庞大帝国也很快瓦解。但无可否认的是，在他分崩离析的帝国疆域中来了很多的希腊人，或者接受了希腊文化的人。他们把希腊的文化带到了东方。直至今天，我们仍然可以在中亚地区看到很多的重要遗址。比如在阿姆河边，人们已经发现了当年希腊化时期的古城卡姆佩尔特佩。研究者认为这很可能就是著名的"阿姆河边的亚历山大"城。正是在这里，阿姆河阻挡了亚历山大东进的步伐。他只好用皮囊运送军队过河。据说花费了好多天才到达了对岸。

犍陀罗是一个在公元前6世纪已经存在的南亚次大陆国家。地处今天巴基斯坦的东北部、阿富汗的东部，是古印度大陆文明的发源地之一。这里也是东西方文化交汇的枢纽地带。它就是现在巴基斯坦的旁遮普省。法显的《佛国记》、玄奘的《大唐西域记》对其都有记载。公元前3世纪，佛教传入。这里的塔克西拉城成为哲学、宗教及艺术的中心。公元2世纪，在丝绸之路上，它又成为世界的香料中心。当年亚历山大率军来到这里后，有很多希腊人驻留于此。后来这一带又被大月氏的贵霜王朝统领。因此，在犍陀罗地区，特别是白沙瓦一带就出现了希腊化的融合了古埃及、古罗马，以及波斯与印度特色的艺术，特别是雕刻艺术。这些雕像，讲究人体结构的准确比例，强调协调的几何形体，以及表现生命力的人体形态。但是其想象力不够，过于严谨死板。人们把这种艺术称为"犍陀罗艺术"。

公元1世纪，佛教开始沿丝绸之路传入中国。之后，佛教艺术逐渐进入内地。特别是石窟雕像，先进入新疆的克孜尔，再往东进入敦煌、云冈、龙门，以及青州沿海地区。作为一种艺术形式，在中国内地产生了重要影响。这种希腊化的艺术初入中国时，表现出突出的犍陀罗风格，希腊特色非常明显。但进入中原之后，逐渐接受了中国艺术的影响，并完成了中国化的演变。就云冈石窟而言，最早开凿的昙曜五窟，犍陀罗的特点非常突出。但也表现出明显的草原鲜卑文化特色。佛像体格魁梧，神态自信，有君临天下之势。这与后来接受中原文化表现出来的褒衣博带、秀骨清像式的佛像有很大的区别。我们需要注意到的是，这些雕像服饰中对皱褶的表现是以精细的线条完成的，其衣着也表现出贴身紧窄的效果。这种方式很可能与曹仲达"曹衣出水"的效果有艺术脉络的联系。只是这一时期的佛像并不是那种清瘦之态，其体格更多地体现出希腊印欧人的壮实。

云冈石窟中后期的雕像显现出明显的中国化样式，对龙门石窟、敦煌石窟的造像艺术产生了深刻影响。而在敦煌壁画中，我们也可以看到这种艺术上的变化。这就是，随着时间的推移，在吸收西域，以及希腊等外来艺术表现手法的同时，中国特色越来越浓郁，不仅出现了佛教之外的诸如中国神话传说中的人、故事，如西王母与东王公的画像等，在绘画元素与手法的使用上也表现出突出的中国色彩。在强调用笔勾线的前提下，以墨晕染的手法逐渐多了起来。它们似乎是一种预示，一种前奏。中国古代艺术将在不久的时刻发生深刻的变化。

四、巴泽雷克

公元前5世纪前后，相当于我们春秋末期战国初期。中国艺术出现了百家争鸣、百花争艳的姿态。在南西伯利亚的巴泽雷克地区，活跃着一支游牧人群。他们是谁，有着怎样的历史，我们不太清楚。这里正是阿尔泰山的北部，横亘于现哈萨克斯坦、俄罗斯、中国与蒙古国的交界处。位于俄罗斯南部的巴泽雷克,有着起伏的高山与连绵的草原。融雪形成的河流穿过了这片对我们来说十分遥远而又非常陌生的地方,滋养了两岸的土地与人民。这里气温较低,温差很大,适宜游牧。如果不是存留在这里的一片墓葬群被人发现,这里恐怕就会被时光所遮蔽。

20世纪初,考古学家对这片墓葬群进行了发掘。在陪葬的物品中发现有铜镜、漆器与丝绸织品。这里发现的铜镜,不论是化学成分还是构图形制,都与楚国的四山镜一样。其漆器,是典型的楚国产夹纻胎漆器。而丝绸,出现了多种样式,有尺寸不同的平纹绣织品,有绣着花纹的丝织品。最引人注目的是一块鞍褥面。上面有彩绣图案,主题是凤栖于树,凰翔于林。现在,我们还很难确切地知道,是谁被安葬在这里。但从种种迹象来看,它们与中国内地有着极为密切的联系,特别是与楚国墓葬出土的器物有着技术上与艺术上的相似性,或者说一致性。距今两千五百多年前,这对凤凰孤独地飞到了雪山大漠之间。它们很可能是从温润的江南湘鄂之地,跨长江黄河,过黄土高原,又穿越了无际沙漠,再翻过天山、阿尔泰山,来到了陌生的巴泽雷克。它们被人珍视,当作骑手的骄傲,并随着骑手被埋入地底,伴随着他的另一种人生。即使在不见阳光的时日里,那些用线编织的图案,仍然慰藉着骑手的灵魂,昭示其生前的荣耀。在两千五百多年的日日夜夜中,闪烁着由线构成的光芒。时间无情地销毁了许许多多的存在,但仍然不能使这种由线构成的美消失。反而,正因为时间的延伸,使这种美显得更为珍贵,更具魅力。而这对凤凰,也可能并不是孤独的。它们只是比其他人更早地来到这里。之后,会有千千万万的同伴驮载着丝绸,在这条路上行走,连通东方与西方。这条路,被人们称为"丝绸之路"。

线,有着奇异的艺术表现力与非凡的生命力。它并没有因时间的流逝而流逝,也没有因空间的转换而转换。在不同的时代、不同的地域,由线生成的美与我们同在。生命在,它就在。更或可能,即使生命不存在了,这些线依然在。当人们在不经意间把这些线织成的艺术品传往远方的时候,并不知道它们将会产生怎样的影响。人们以为自己只是做了一件极为普通的事。而随着时间的推移,当我们发现了这些线的流动时,竟然非常讶异。原来,它们是如此平凡,又如此不凡;是如此被人漠视,又如此被人重视。线,是宇宙展开的起点,是日常生活的证明,更是人们创造美的精灵。它在人类的天空中不断地伸展,描绘出另一个颇具魅力的世界。

凡·高站在巴黎的阳台上

一、荷兰的凡·高

阿姆斯特丹,在12世纪末的时候还是一个海边的小渔村。为了防止海水入侵,一个多世纪后,人们在阿姆斯特尔河上建起了一座阻挡海水的大坝,阿姆斯特丹由此得名。到了17世纪,阿姆斯特丹迎来了第一个黄金期。几经起伏,在19世纪的时候,阿姆斯特丹仍然是欧洲最重要的海港之一。随着资本的进入、大航海的兴起,荷兰成为"海上马车夫"。它的海船在地球上来来往往。那时,对荷兰来说,所有的海洋都是内海。这些船从阿姆斯特丹出发,开往波罗的海、北美洲,甚至非洲。更多的船开往了印度、印度尼西亚、斯里兰卡、中国的台湾,以及爪哇、日本等地。通过中转,他们把东方的货物运往世界各地,并把中国的丝绸、瓷

牧童遥指杏花村 · 杜学文

器、茶叶等运回荷兰。这里濒海面洋,气候宜人。冬天很少低于零摄氏度,八月最高的气温也只有二十摄氏度出头。阿姆斯特丹有很多大大小小的贸易公司、金融机构,有穿城而过、纵横交错的运河,有各式各样的教堂,还有很多的博物馆。大街上,样式不同的高楼鳞次栉比。它们的门非常窄小,但窗户却很大。每个窗户都会伸出几个铁钩,以方便把家具从地面吊进屋内。桥梁、海水、船屋、水上餐厅、风车与郁金香,都在迎接着那些远航归来的商船。港口内帆樯如林,汽笛声声,人声嘈杂。阿姆斯特丹,仿佛是世界的中心。

但是,阿姆斯特丹的繁华与凡·高毫无关系。他已经三天没有吃东西了。消瘦的身子似乎更瘦了。这儿那儿,油彩不知什么时候就涂在了衣服上。好久没有买过新衣服了。不知道弟弟提奥的钱什么时候才能寄来。尽管每月一百法郎,却仍然捉襟见肘,这是他唯一的收入。从来没有一个画商,包括弟弟提奥能够看上凡·高画的任何一幅画。从不多的工资中挤出这么多已经很不容易。凡·高不愿意给提奥增加负担。他的眼窝比平时陷得更深。红色的头发东倒西歪,好久没有吃到东西了。他抬头望向窗外,希望能看到邮差送来巴黎的邮件。但一阵眩晕使他瘫在了地上。如果提奥的钱来不了，凡·高不清楚该怎么办。会饿死吗？真的不知道。他曾经有五天没有吃到东西。

在荷兰，凡·高的家族让人艳羡。他的祖父是一名牧师，在当地很有威望。更重要的是，这位牧师的孩子个个不凡。凡·高的伯父文森特是荷兰最有实力的大画商，在欧洲其他国家也非常有名，也是当时世界上最大的经营艺术品的古比尔公司的股东。文森特的公司不仅开在荷兰的阿姆斯特丹、海牙，也开在欧洲的布鲁塞尔、柏林与巴黎这样的繁华都市。凡·高的另外两位叔叔，一位在阿姆斯特丹与布鲁塞尔经营着当地最大的画廊，一位是荷兰一家艺术品公司的经理。还有一位叔叔，是荷兰的海军司令。只有父亲继承了祖父的职业，在一个偏远的小镇默默无名地当一名牧师。尽管如此，"凡·高"这个家族几乎成为荷兰的标识。人们认为，凡·高家的孩子就是财富、地位的代名词。

凡·高的母亲热爱绘画，她能画出水平极高的花卉静物素描。他的外祖父手艺高超，声名远播，曾为荷兰的宪法做过装帧，被称为荷兰"国王的装帧师"。由此来看，凡·高的处境应该很好。

牧童遥指杏花村·杜学文

但实际上,这样的家族背景只能证明凡·高具有艺术的潜质。除此之外,凡·高只是这个家族的一名流浪儿。父母的收入很少,孩子却很多。他们顾不上更多地照顾偏执、敏感的凡·高。凡·高常常感到自己在家中可有可无,甚至无胜于有。只有弟弟提奥还能相处。在不长的生命中,是提奥给了凡·高物质与精神上的帮助。也许,没有提奥就不会有凡·高。

1853年3月,凡·高出生在荷兰南部的小镇津德尔特,这里更接近比利时而远离阿姆斯特丹。一心想被任命到大城市做牧师的父亲在这个偏僻的小镇已经待了二十五年。但他并没有被派往大城市,反而到了附近一个更小的叫作埃顿的村庄。可想而知,这位兢兢业业的牧师多么落寞、失望,不知道他为什么如此被冷落。更何况,凡·高的状况也令人忧心。

凡·高是个善良的孩子,总是一个人看天看山,看乡间的小路、虫鸟与麦田。父母发觉了他的敏感、脆弱、孤独,很少责备他。据说他八岁的时候就画出了冬天的雪景,这使母亲大为吃惊。在学校,他仍然孤独,不合群,被视为"小野人"。他不愿意每天对着书本死读,想出去做事。于是来到了伯父文森特在伦敦的公

司学习卖画。他的鉴赏力出众。每天与那么多的画打交道使他开心。可是，烦恼也随之而来。凡·高发现，人们总是准确地挑中最差的作品。他讨厌那些不懂艺术却又附庸风雅的人们。一次终于忍不住，凡·高与一位衣着奢华的阔太太吵了起来。她不接受凡·高给她推荐的品格上乘的画，还喋喋不休又不得要领地展示自己的"艺术"水平。这使凡·高十分厌恶，说她闭着眼睛也不会挑得更差。结果惹恼了这位太太，得罪了画廊的顾客。凡·高质问经理："一个人怎么能够用他仅有的一生来向这些愚蠢的人出售拙劣的画呢？为什么那些不懂艺术、贪婪自私的资本家可以来到这里，而那些真正富有艺术鉴赏力的穷人却拿不出一分钱来买上一幅画？"经理无法回答他的问题。资本的逻辑与艺术的逻辑本来就不是一回事。但凡·高并不明白其中的不同。他被解雇。此后他又做了几个月的教师，然后来到了博里纳日的矿区做传教士。

二、进不去的殿堂

博里纳日是工业革命后欧洲的能源发动机。据说最多的时候有三千多座煤矿，聚集了大量从事煤炭采掘的工人与他们的家属。

牧童遥指杏花村·杜学文

凡·高很愿意为他们工作,希望把快乐送到这些人的身边。矿区的人们住在破烂的棚屋中,干着世界上最危险的工作,忍受着肮脏与疾病,收入却很低。他们没有受过多少教育,却非常热情、质朴、勇敢、坦率。大部分人都得了肺病,并因此而死亡。夏天,不治的热病流行,很多人失去了生命。又一个春天到来的时候,瓦斯爆炸,五六十个矿工丧生在矿井深处,而他们的亲人只能围在矿井旁,无法营救。矿主不愿意把这些遗体从井下挖出来。那是一笔很大的开支。而活着的人们还要继续下井,他们的命运只有两种——要么被饿死,要么被砸死。凡·高无法忍受这接连不断的人间惨剧,也无法解救他们。凡·高奇怪,自己到底为什么活着。

那是1880年,凡·高已经27岁。距他三十七岁的生命仅剩十年。这是一个危险的时刻,也是一个令人恐怖的时刻。如果凡·高知道这一切的话,不知该会如何。现在,他没有稳定的工作,没有可以养活自己的收入,也没有生存的技能。本来喜欢古比尔画廊的工作,却不能忍受庸俗骗人的艺术和资本家的嘴脸。他被凡·高家族的人们疏离。骄傲的凡·高家族,人人都很优秀,令人羡慕,而凡·高却落魄潦倒,一无所有。

早晨的阳光照在了凡·高的脸上。那光是金黄色的,却带着红色的边。它们并不是直射过来,而是大团大团地涌过来,覆盖了他的身体与脸。他面色苍白,毫无生气,红头发暗淡无光,精神萎靡不振。阳光是如此急切地扑向他,使他感到了一丝暖意。他从沉睡中慢慢醒来,开始怀念那些白纸、画笔,以及颜料,怀念曾经熟悉的伦勃朗、米勒、德拉克鲁瓦,以及那些属于自己的画作。"原来,我一直喜欢的是画画!我没有学过画画,但艺术却从来没有在我心里消失。"凡·高的心回到了自己的心房。他来到矿区,观察那些进入矿井的矿工。他把这些画了下来,画得十分投入。他又去画矿工的家人,画矿区的街道,画博里纳日的山与云。后来,他又回到了自己的家,画埃顿的乡村风光,画那里来来往往、形形色色的人物,画家里的家具、陈设。不画的时候,凡·高就大量地阅读,关于人体的结构、绘画的技巧,还有大量的文学书籍。他喜欢左拉,喜欢左拉描写的那些人物。《萌芽》《娜娜》《小酒店》……左拉对现实的批判,对那些受剥削受压迫者的同情使凡·高感到了一丝慰藉。噢,这世界还是存在道义、温暖与关爱的。

　　不过，凡·高的父亲考虑得更实际。他非常担忧儿子的未来，认为画画很难使凡·高自食其力。他希望凡·高有稳定的工作、稳定的收入，不再做那些不切实际的事。而他的母亲却比较理解，把他介绍给海牙的亲戚。这是凡·高的表妹夫，名叫莫夫，是海牙画派的标志性人物，著名的现实主义画家。他的画很有市场，收入也很高，正是父亲希望的凡·高的未来。莫夫在艺术上指导凡·高，也给了他很多经济上的帮助。但是，他不能接受凡·高与流浪女同居，也不能接受凡·高一直依赖提奥却不能自立。

　　而凡·高的画，与传统的画法距离太大。莫夫认为他画得太粗糙。粗糙？什么是粗糙？他的人物不合人体比例，涂色很不规范，作画随心所欲。他不是用色来显示明暗，而是夸张地用线来勾画物体的形象。这明显是一种缺乏耐心、严谨的偷懒之举。唯一可以肯定的是，凡·高的线条感还比较好。但这不是油画的重点。"维纳斯不是这样的！这不符合艺术的规范！"老师被凡·高的画激怒了。而凡·高却更加愤怒。莫夫不愿意对这个在他看来缺乏才华的表弟再花费精力。但这对凡·高来说是致命的打击。

他终于决定回到家里。

那时,父母已经搬到了荷兰南部的纽恩南。这是一个天空晴朗、山脉绵延的村庄。这里有很多朴实的农民、纺织工人。他们吃土豆,喝咖啡,辛苦地劳作,快乐地生活。唯一的街道上有各种各样的小贩与来来往往的人群。他们并不理解艺术家,更不知道凡·高的追求,但他们的生活却是凡·高喜欢的。在这里,他画了大量的山峦、土地、耕作的农人与他们的妻子、在机器旁低头操作的纺织工人与他们的家。这才是真实的生活,是活生生的生命,是人性中最美好的东西。凡·高努力画画,不厌其烦。

为了创作《吃土豆的人》,凡·高画了上百幅农民头像,并与一位叫德格鲁特的农民成了朋友。他观察他们一家的生活,描绘他们劳动的场景,记录他们烧土豆、吃土豆的过程。凡·高努力使画面呈现出动感,洋溢出生命的气息,并从中表达出人物的情感与命运。但是,要表现活动着的人物非常困难。古典油画的最大特点就是其中的人物中规中矩,符合标准,却什么也不干。相形之下,凡·高的画不符合透视、比例等传统油画模式,人物的行为夸张扭曲。整个欧洲并不欣赏这样的作品,他的画仍然卖不

牧童遥指杏花村·杜学文

出去。人们需要那些看起来端庄、典雅,有古典气息却缺乏生气的画。艺术家们极力把自己训练为一丝不苟的古典主义学院派正统画家。只有这样才能把自己的画摆放在包括古比尔公司在内的画廊里,出售给那些用凡·高的话来说就是没有鉴赏能力却乐于附庸风雅的资本家。在纽恩南,即使凡·高感受到了生活的活力,体验到艺术的快乐,但仍然是绝望的。他进不了这个古老欧洲的艺术殿堂,只是在它的大门外探头探脑。对于欧洲的绘画艺术而言,凡·高只是一个胡涂乱抹的另类。

不过,绝望的凡·高还是幸运的。他的弟弟提奥始终支持他、鼓励他,在他无望的时刻给他以希望。如果没有提奥,就不会有凡·高。提奥告诉他,在巴黎有一群非常有才华的年轻人,但是他们的风格不被认可。这些人被称为"印象派"。可怜的凡·高还从来没有听说过印象派,也不知道任何一个印象派画家。他关心的是,他们的画能卖出去吗?提奥告诉他,偶尔卖出去一幅已经算好的了。他们都是一些充满激情与理想的穷人,或者说把自己变穷的人。图鲁兹,本来可以继承父亲的伯爵爵位,在法国国王身边做事。但他认为,当一个人可以画画的时候,为什么要去当伯爵呢？而高更，本来有年薪三万法郎的股票交易所职位。但他放弃了这些，专事绘画，靠东挪西借过日子。而塞尚，更是一个奇迹。他的父亲拥有自己的银行，在普罗旺斯还有大片的土地。这种金融资本家加庄园地主的家庭当然不会供养不起一个画家。但塞尚宁愿在公园里的长椅上过夜。他们并不因为穷困而失去信心。他们为自己能够专注地画画而兴致勃勃。

凡·高在突然之间知道了在远离荷兰的地方，还有一群和自己一样的人。阴暗的天空似乎划开了一道闪电，照亮了凡·高。这些人不惧贫困，舍弃荣华，充满理想，极度自信。他们有非凡的才华，有不懈的追求。这使凡·高感到这些年来的努力并非虚妄。他对巴黎充满了向往，希望能够与这些志同道合的人们一起作画。但是，凡·高仍然有一个深深的疑问，他忐忑不安地问提奥，他之前的画是不是全弄错了。他的眼光充满期待，又充满了恐惧。提奥告诉他，不是这样的，是全都搞对了啊！他的线条，从来就不是学院派的画法。他的人物和树木，都是印象中的景象。它们虽然粗糙、不完整，但绝对不是死板的、毫无生气的。凡·高说自己不当任何条条框框的奴隶，已经完全做到了。他需要的是再成熟一些！千万不要去模仿别人！

三、遇见浮世绘

1886年2月底，春天即将到来的时候，凡·高已经来到了巴黎。这是一个繁华的都市，是一个喧闹的充满活力与奇迹的地方。那时的巴黎，是欧洲的心脏，是汇聚了各种机遇与可能的所在。凡·高有一些头晕眼花。他离开久居的乡下，对这个庞然大物很不适应。但凡·高仍然是欣慰的，充满激情与希望的。他暂住在蒙马特山脚下拉法尔街提奥的公寓里，后来又在山顶租了一间稍大的公寓。在蒙马特的山顶上，可以俯瞰巴黎的全景。凡·高在房间里挂满了自己的画，喋喋不休地向提奥介绍它们。春天的阳光投射在这些从来没有人看到过的画作上，给尘封的画面镀上了一层迷人的光晕。本来暗淡的画仿佛闪耀着明亮的光芒。它们是如此富有魅力，如此张扬，好像在巴黎的天空中萌动。

凡·高站在巴黎的阳台上，看到整个巴黎在阳光中运动——来来往往的人们，不知走向何方。快得令人心悸的汽车突然就出现在眼前，又突然地从眼前消失。街道上矗立着许多广告柱，上

阳光麦田
·美丽乡村助读书系·

面贴满了推销化妆品、巧克力、啤酒、帽子等的宣传画。剧院、夜总会的霓虹灯整夜闪烁，竭尽所能地放射出诱惑的光亮，把巴黎的夜晚照得通明。人们把这个城市称为"光之城"。它的街道上还有很多电话亭，感兴趣的人可以通过电话来收听各大剧场正在上演的剧目。为举办1889年召开的世界博览会，引起巨大争议的埃菲尔铁塔正在加紧施工。著名的战神广场被挖开了一个巨大的土坑，里面有很多的钢筋构件插向天空，像在古典的巴黎腹部撕开了一个血淋淋的伤口，也因此遭到了艺术家们的强烈抗议。他们认为，一座现代化工厂里巨大的黑烟囱那样的铁塔主宰了巴黎，将以其野蛮的块头压倒圣母院、圣礼拜教堂、圣雅克塔、卢浮宫、荣军院的穹顶、凯旋门，等等。这是巴黎的"耻辱"！忽然之间，一阵眩晕。凡·高几乎被这"美丽时代"的现代生活压垮。"我怎么才能像提奥说的那样，再成熟一些？"一想到这个问题，他的心就嘭嘭嘭地跳了起来，似乎要飞到半空中。

巴黎是充满活力的，汇聚了众多不同追求的艺术家。凡·高并不了解的印象派正在成为这个城市最具现代意义的文化象征。巴黎的街道、工厂、商铺、矿工、小贩，以及那些不知名的普通人正大量地出现在印象派画家的作品之中。他们的画卖不出去，但他们并不气馁，决不向金钱、市场屈服。他们充满激情，志向高远，侃侃而谈，挥斥方遒。凡·高结识了作家左拉，画家莫奈、高更、塞尚、马奈、图鲁兹、修拉、德加，还结识了一位热爱艺术、销售颜料的店主唐古伊。他愿以全巴黎最低的价格向这些穷困的画家出售颜料，并把他们的画挂在自己商店的橱窗里，希望有人能够看到这些不被社会主流接受的作品。

　　巴黎给凡·高带来了新生。他们在科尔蒙画室画画，在阿贝塞斯街上的巴苔丽饭店聚会，在蒙马特的山坡上看日出，在工人聚集的小餐馆办自己的画展，在巴蒂格诺莱咖啡馆高谈阔论："所有的一切都是新鲜的，令人兴奋的，欲罢不能的。你的名字我在哪里听过，是博里纳日……；我们接受大自然的一切，触目的真实比漂亮的谎言更美丽；痛苦是有益的；看门人与将军、农民与内阁部长是一样的。因为他们都是符合自然要求的，都是生活的组成部分；画家描绘的并不是一件东西，而是东西的本质。照相机可以拍照，但我们必须超越其上；你看这阳光的效果，这些流动的、透明的空气……；我们生活在这样一个创新的时代，这样的艺术是多么美妙啊!"凡·高突然提议,他们应该创办一个俱乐部,画家负责画画,提奥负责经营,按工人出得起的价格销售。不管能赚多少钱,大家都过平等的生活。他们只需要得到食物、住所与绘画材料,他们不需要钱。全巴黎愿意的画家都可以来这里!凡·高滔滔不绝地描绘着理想中的艺术世界,立刻得到了大家的赞同,很快就筹集到了五千法郎。这个理想中的俱乐部即将在充斥着资本与欲望的巴黎,或者巴黎的乡下开办。什么金钱,什么画廊,什么奢侈,什么名望,对一个画家来说,只要能够维持生活就可以了,其余的,都是没有意义的。

颜料店的主人唐古伊也对凡·高的提议表示了赞同。他说自己将不再经营这个店铺,要参加俱乐部。他还捐出了二百多法郎。这是他全部的积蓄。唐古伊不是画家,却对这些充满激情的人们抱有最大的同情。他参加过巴黎公社的起义,对艺术有极高的鉴赏力。就是他在自己的小店里卖出了塞尚的几幅画,使这些印象派画家看到了希望。他默默无闻地支持这些不被看重的画家。直到去世,他一直在自己的店里展出凡·高的作品。曾经有一次,凡·高在唐古伊的店里看到了一些日本的浮世绘画作,喜欢得不行。但他没有钱。唐古伊便答应先赊给凡·高两幅。凡·高被这些画里鲜活的生命、极富表现力的线条感动。在这些画作中，活跃着真正的生命。

大部分印象派画家都临摹过浮世绘作品。东方艺术是他们前进的思想资源，是打破被那些贵族与有钱人喜欢的古典油画的利器。毕沙罗，印象派的先驱、教父，受浮世绘影响极深，追求用线条绘画，以明亮的色彩与颤动的笔触表现画家感受到的生活。莫奈，印象派的标志性人物。1871年，他三十一岁的时候到了荷兰，发现了浮世绘，开始了对东方艺术的研究与学习。他甚至模仿浮世绘画家画同一主题系列的画法，创作了十八幅以"日本桥"为主的油画。在他巴黎的故居中悬挂着众多的浮世绘作品。他还收藏有中国国画。东方绘画对他产生了至关重要的影响。他的《睡莲》，不仅在形式上采用了中国古典绘画中长卷的形式，在透视方式上也采用了中国画散点透视，或者说全息透视的方法。而他长于使用线条造型，施以浓墨重彩，注重营造意境等特点正是中国绘画最基本的表现形态。被誉为"现代绘画之父"的后印象派画家塞尚，以毕沙罗为师，对东方绘画艺术有深入的研究，是最为全面地借鉴中国画的画家。也正因此，塞尚对现代派绘画艺术产生了深刻影响。在笔法上，他强调线条的重要性。在构图上，不再严守客观呈现的法则，而是打破焦点透视的要求，用散点透视的手法对物象加以扭曲、变形，追求点、线、面的和谐状态。在艺术的生成上，他强调人与自然之间的相互感应。在其最重要的作品《大浴女》中可以看到，人物的轮廓全部是用线条来勾勒的。他常以黑色的线条勾画物体的轮廓，甚至把空气、河水、云雾等都要用线勾画出来。无论是近景、远景，都被塞尚拉到同一个平面之中。他说，即使是风景画也要画进灵魂深处。自然是活着的，充满生命魅力的。

毫无疑问，在巴黎，这些印象派画家对凡·高产生了重要影响。他对东方绘画，特别是浮世绘艺术有着浓厚的兴趣。虽然我们还不太好确定，凡·高第一次见到浮世绘作品是在什么时候，什么地方。但有研究者认为，在1885年的时候，他买了许多浮世绘版画。那时，他正好在纽恩南，年底的时候去了比利时的安特卫普。这个港口城市，正是欧洲通往亚洲的重要门户，有来自东方的茶叶、瓷器、丝绸与香料等各种各样的日用品从远航的货轮上卸下来。在这里的时间虽然短暂，凡·高仍然租了一间画室作画。他想找到一个模特，竟然在街上遇到了一个特别的女孩。在给提奥的信中，他写道："我看到了乌黑的眼珠。她是个中国女孩，身形娇小，看起来神秘文静。我看到了一个漂亮健康的女孩，样子淳朴实在，似乎很高兴。"有一天，他冒着大雨去海关取东西。也许这就是凡·高第一次见到日本的浮世绘。他说在自己画室的墙上"钉了些小幅日本版画后，整个房间看起来令人愉悦，这些画的内容包括花园里或沙滩上的女人、骑马的人、花朵和交错的荆棘枝"。他喜欢上了从遥远东方漂洋过海而来的浮世绘作品。在他的遗物中，人们发现了凡·高保留的这些浮世绘画作，其中就有葛饰北斋著名的《神奈川冲浪里》。

凡·高极为认真地临摹这些作品。他用半透明的蜡纸拓下原稿，以类似"九宫格"的形式把这些画放大，再用油画笔与油彩画成"自己"的画。这种临摹至少在1887年前后表现得十分突出。其中临摹了溪斋英泉的《花魁》、歌川广重的《开花的梅树》《江户名胜百景之雨中大桥》等。他还用其他浮世绘作品中的元素来修饰这些作品。凡·高非常欣赏浮世绘画家的艺术理念，对他们

"三下两下一画"就能表现出具有对比的效果感到羡慕,对其作品细节处理的清晰、色彩使用的澄澈充满欣赏。在这里,凡·高找到了具有个人特色的绘画风格,找到了自己。他不再强调欧洲传统绘画突出"面"的手法,而是更注重东方绘画"线"的使用。他更乐于把画面色彩描绘得明亮、浓烈、夸张,而不再是灰暗的、压抑的、沉闷的。他还随身带了一个日本箱子,装了很多不同颜色的毛线球,以研究画面颜色的对比与使用。而巴黎,也出现了许多新的颜料可供凡·高与印象派画家使用。

与其他印象派和后印象派画家一样,凡·高的一些作品可以说是用油画的材料创作出来的中国画。比如《鸢尾花》,他用油画笔勾出了花与叶的形状、枝的形态,并表现出它们的摇曳之姿。这是一些生长在红土地上的充满生命律动的、被画家感受到的花,而不是僵硬的、标准的、客观的"对象"。在他生命最后的日子里,也就是1890年的画作中,有一幅《盛开的杏花》,充满了东方绘画的技法与情调。线条明晰细腻、准确生动,描绘出了杏花的神态,以及枝干的活力。有研究者认为,凡·高收藏有日本浮世绘画家歌川国贞的《女子肖像画》,其中盛开的花枝很可能就是凡·高《盛开的杏花》的灵感来源。对浮世绘的研究、临摹改变了凡·高，使他兴奋不已。是不是这样就达到了提奥希望的"成熟"？是不是已经创造了属于凡·高个人的特色？凡·高认为自己的整个创作均以日本绘画为基础。日本艺术在其本国已经逐渐衰落，却在法国印象派和后印象派艺术家中生了根。

凡·高不满足于在喧闹的巴黎与艺术家们高谈阔论。这使他烦躁、焦虑，心无所依。他更急切于画画，画自己想画的画，画那些能够表现出自己的特色、使自己自信的画。他把筹集到的五千法郎一一退还，计划中的俱乐部最终没有开办。朋友们并没有责怪或嘲笑他，而是举办了欢送宴会，为他推荐了一个绝佳的地方——充满阳光的、景色不亚于非洲草原的小镇——阿尔。

四、阳光下的向日葵

如果说法国是浪漫的，普罗旺斯就是浪漫的代名词。它位于法国的东南部，是从地中海沿岸延伸到内陆的丘陵地带，夹在北部的阿尔卑斯山与南面的比利牛斯山之间。这里是薰衣草的故乡。遍地的薰衣草一年四季变换着不同的色彩，到处都洋溢着它的香

阳光麦田

·美丽乡村助读书系·

味。这里还有金色的向日葵、紫色的葡萄、绿色的橄榄,以及高耸的梧桐。普罗旺斯,还盛产葡萄酒,盛产美食,盛产骑士抒情诗,盛产艺术家、作家与诗人。著名的苦艾酒,使人沉醉,也使人发疯,它让人产生幻觉并上瘾。古罗马时期的遗迹、中世纪时代的城堡,以及哥特式建筑星罗棋布地矗立在不同的城市。这里的气候跌宕起伏,阴晴不定。平原与丘陵交错,峡谷与高山并立。在很多人笔下,普罗旺斯已经不再是一个地名,而是一种生活方式——简单、纯朴、轻松、慵懒,而且缓慢、无忧。凡·高要去的阿尔,正是普罗旺斯的骄傲。很多艺术家都在这里生活、创作。

阿尔的太阳并不是挂在天空,而是扑向地面。一离开喧闹的都市,灵感就在凡·高的骨子里涌动。对他来说,太阳并不是放射出自己的光芒,而是像海浪一样前呼后拥地席卷而来。它不是金色的、温暖的,而是如同燃烧的火焰。炽热,跃动,在红色中掺杂了黄色、黑色与银色,想把大地也裹进太阳的球体之中,让人热血膨胀。那些向日葵,似乎在太阳的裹挟下灼灼燃烧。紫色的薰衣草如一条一条的彩线,描绘出大地的纹理。那些不知道有多少年的古堡,在阳光的照射下闪耀着白色的光芒。空气是透明的。西北风如同刀片，在空中飞来飞去。

每天天一亮，凡·高就带着画板、颜料出门，双眼流露着狂热的兴奋，直直地看着四处，随意来到一个喜欢的地方。傍晚，人们会看到一个人从远处慢慢走来。他带着一幅还没有完成的画，双眼像两个冒火的洞，头顶被晒得脱皮，神情疲惫地回到住处。在阿尔，凡·高沉默寡言，心无旁骛。没有人与他讲话，他也不与人交流。他只画画。他画翻耕过的麦田，画田野里耕作的农人，画黄色的天空与金色的太阳。他还画了许多三朵、十二朵或十五朵的向日葵。这些向日葵，色彩明亮浓烈，以黄色为主涂染。它们的背景多衬以蓝色或绿色。凡·高用黄褐色的线勾勒出插花瓶子的轮廓，以及瓶子突出部位光影变化的分界，用暗绿色的线描绘出向日葵的秆、叶，用黄色的线描绘出向日葵的花。个别的作品还画出了向日葵的籽。而此前在巴黎画的向日葵，显现出他用笔勾线已经非常熟练、细腻。他对提奥说，向日葵是属于他的花！这是他最具代表性的作品。而最早肯定凡·高的是阿尔火车站负责分拣信件的一位职员，他叫罗林。他告诉凡·高，这些画就像自己每天路过麦田时看到的一样，有风的声音。即使阿尔的人不

阳光麦田

在了,它们都还活着。这可能是世界上最有眼光的评论家。而孤寂的凡·高对罗林的肯定非常感激,陆陆续续为罗林一家画了画。罗林也成为他在阿尔唯一的朋友。

对于凡·高来说,在阿尔的时光是幸运的。虽然短暂,却是生命意义的至高点。阿尔的阳光燃烧着他。他外表孤寂,内心热烈;一文不名,却为世界创造着最宝贵的财富。他在阿尔的阳光中茕茕孑立,整个世界都属于他。他自己配置颜料,以调出那种浓烈的、对比度极为鲜明的色彩;他把最细腻的情感给予来到身边的朋友,却为坚持自己的观点争得面红耳赤;他会到邻近的咖啡馆里喝一杯粗劣的咖啡,或者到小酒馆里去喝使人麻醉的苦艾酒。咖啡使他兴奋,苦艾酒使他沉醉。他在虚幻的艺术世界里,常常做出出人意料的举动。当他把自己的左耳割下来的时候,并不认为这是一件恐怖的事情。他平静得如同完成了一个最普通的承诺。他知道自己的举动吓跑了朋友,给身边的人带来了麻烦,但却能冷静地算出下一次发病的时间。他带着画板走出了病房,走向那空旷而神秘的田野。

1889年5月,凡·高在提奥的安排下住进了阿尔附近圣雷米的

牧童遥指杏花村·杜学文

一座精神病院,开始了生命的最后旅程。大夫允许他在每次发病之前到外面画画,但也只能是一两次。他不能像过去那样每天都可以来到宁静而喧闹、丰富而质朴的土地上。圣雷米精神病院不远的地方,有大片的丝柏林。不知道这些柏树在这里度过了多少漫长的岁月。它们沉默不语,在风的吹动中呼呼作响,毫无顾忌地矗立在阿尔的土地上,像燃烧的火焰,升向天空。而天空,正是一处浩瀚神秘的所在。不可知的深蓝色天幕覆盖着一切,在阳光与月光的照射下闪烁出一道一道的白光。神秘的力量在这更加神秘的天空中旋动着,形成了一连串的旋涡,并延伸向天幕的深处。太阳呈现出淡黄色的光晕,裹挟着半圆的月亮。它们竟然重叠在一起,像同一个星球从遥远的天空中扑向大地,在凡·高的心中轰然作响。他看到四面八方的星星被强大的气旋吸引,并在这莫测的气旋拉拽下旋转,似乎要跌入其中。远方的山峦在燃烧,闪射出淡黄色的金光与透明的蓝色天幕。这是大地的火焰。而大地,却懵然不知,不为所动。山、树,花草、村庄,以及河流与土地,竟然异常冷静地沉默着,以自己的方向涌动,与天空中的一切相互辉映,又相互对抗,成为一个统一的世界。

在生命的最后时刻，凡·高创作了他最具想象力与洞察力的作品——《星空》。在画面的下方，是村庄与山脉，大约占整个画面的三分之一。凡·高把大量的画面空间留给了浩渺的天空。而村庄也只占据了这三分之一的不到一半，更多的部分延伸到了画外，使作品显现出一种"未表达的表达"。这完全是中国绘画的范畴，所谓"意在言外"。也就是说，虽然画家并没有把整个村庄的形态表现出来，但并不等于村庄仅限于已经表现出来的部分，而是有更多的内容在"未表达"的表达中显现。在画的左前方，是整个画面最靠近观赏者的向天空伸展的丝柏树，与右面远方蜿蜒而上的山脉形成了一种微妙的平衡。主要是不同距离与视点显现出来的空间的开阔感。但画面突出的仍然是树，是树与天之间的关系，给人极为强烈的冲击。

一般而言，天空可能会与云朵相配。这是我们最常见的构思。但凡·高不是一般意义上的画家。他浓墨重彩地表现了天空非凡而隐秘的运动形态。太阳与月亮是一体的、重叠的。凡·高赋予阳光与月光以哲学的意味。涌动的旋流是常人难以察觉的。但凡·高却把它置于整个画面的核心位置。他敏感的心灵感受到了宇宙深处隐藏的奥秘。更重要的是，他呈现出来的旋转是连续不断的、由近而远的、充满力量的。这非常符合《道德经》中"反者道之动"所揭示的事物运动的基本法则，是可归之于"玄"的运动形态。就是说，他以物象连续的"S"形态呈现出了宇宙不歇的永恒运动。虽然这种运动是人的肉眼难以直观认知的，但却是真实存在的。在这旋流的周围，凡·高以纷乱分布的星星来强化画面的神秘感与宇宙感。与现实中人们依靠星星的亮度来辨别远近不同，凡·高创造了如在眼前的星空。那些旋转的星星距我们并不遥远，似乎即将旋转至我们的眼前，甚至身边，仿佛伸手即可触摸，或者将把我们吞没。因而，天空不是不可感知、不可触摸的，而是存在于人的生命之中的。人与宇宙显现出一种相互联系、相互对应的状态。这可能也是凡·高所感知到的人与宇宙的关系。而这恰恰是中国古典文明中特别强调的天人关系的一种形态。不同的是，在中国绘画中，不会以如此强烈的效果把这种关系表达出来，更可能的是以一种邈远、淡然的姿态来表现。中国绘画不会强调这种突兀的、强烈的内涵，而是要努力表现人与自然之间和谐、协调的状态。

在《星空》中,物象的形态大部分是凭借线来完成的,而不是以油彩涂绘的面来呈现的。画中的建筑、山体、树木与花草,包括令人震撼的丝柏树都依靠画家刻意勾勒的线来显现出生命的意味。在对天空物象的描绘中,我们可以看到画家对油彩"涂"的重视。但这种"涂"也是一种变了形的"线"。画家不是涂出物象的面,而是涂出了表现物象的线。凡·高使用的绘画工具是油画笔,或者说是"刷子",与中国绘画使用的软笔,也就是毛笔不同。油画笔涂出来的这些线与画家使用的油画笔宽度相当。整个天空,包括旋流与星星,都是以这种油画式的线来表现的,与勾勒建筑等物象的线相异。这些线的宽度与画家需要的效果是相应的,很可能是毛笔难以实现的。在《星空》中,线成为凡·高最重要的表现手法。

阿尔,这个从来不缺少阳光的地方,这块毫不吝啬其热情的土地,赐予了凡·高最可能的才华与灵感。这幅被命名为《星空》的不朽之作是画家对宇宙世界的绝妙诠释,是凡·高心目中浩瀚宇宙与神秘世界的经典再现,是关于宇宙与自然、时间与空间、存在与消亡、人类与生命、色彩与技巧的非凡表达。它将随着时间的存在而改变其空间的存在，证明人类所具有的对包括自身在内的浩大世界的表现力与洞察力。

2023 年 5 月 17 日 11：53　于晋阳

2023 年 5 月 17 日 23：31　改于晋阳

2023 年 5 月 29 日 0：10　再改

2023 年 5 月 30 日 21：26　再改

2023 年 6 月 3 日 0：22　再改于并

2023 年 6 月 5 日 21：51　再改于并

2023 年 6 月 7 日 23：51　再改

2024 年 4 月 15 日 11：43　调整于并